Tucholsky   Wagner   Zola   Scott   Sydow   Freud   Schlegel
Turgenev   Wallace   Fonatne
Twain   Walther von der Vogelweide   Fouqué   Friedrich II. von Preußen
Weber   Freiligrath   Frey
Fechner   Fichte   Weiße Rose   von Fallersleben   Kant   Ernst   Frommel
Richthofen
Engels   Fielding   Hölderlin   Tacitus   Dumas
Fehrs   Faber   Flaubert   Eichendorff
Eliasberg   Ebner Eschenbach
Feuerbach   Maximilian I. von Habsburg   Fock   Zweig
Ewald   Eliot   Vergil
Goethe   Elisabeth von Österreich   London
Mendelssohn   Balzac   Shakespeare   Dostojewski   Ganghofer
Trackl   Lichtenberg   Rathenau   Doyle   Gjellerup
Mommsen   Stevenson   Tolstoi   Hambruch
Thoma   Lenz   Hanrieder   Droste-Hülshoff
Dach   Verne   von Arnim   Hägele   Hauff   Humboldt
Reuter   Rousseau   Hagen   Hauptmann
Karrillon   Garschin   Gautier
Damaschke   Defoe   Hebbel   Baudelaire
Descartes   Hegel   Kussmaul   Herder
Wolfram von Eschenbach   Schopenhauer
Darwin   Dickens   Rilke   George
Bronner   Melville   Grimm   Jerome   Bebel   Proust
Campe   Horváth   Aristoteles
Bismarck   Vigny   Voltaire   Federer   Herodot
Gengenbach   Barlach   Heine
Storm   Casanova   Tersteegen   Grillparzer   Georgy
Chamberlain   Lessing   Langbein   Gilm   Gryphius
Brentano   Lafontaine
Strachwitz   Claudius   Schiller   Schilling   Kralik   Iffland   Sokrates
Katharina II. von Rußland   Bellamy   Raabe   Gibbon   Tschechow
Gerstäcker
Löns   Hesse   Hoffmann   Gogol   Wilde   Vulpius
Luther   Heym   Hofmannsthal   Klee   Hölty   Morgenstern   Gleim
Roth   Heyse   Klopstock   Goedicke
Luxemburg   Puschkin   Homer   Kleist
La Roche   Horaz   Mörike   Musil
Machiavelli   Kierkegaard   Kraft   Kraus
Navarra   Aurel   Musset
Nestroy   Marie de France   Lamprecht   Kind   Kirchhoff   Hugo   Moltke
Laotse   Ipsen   Liebknecht
Nietzsche   Nansen   Ringelnatz
Marx   Lassalle   Gorki   Klett   Leibniz
von Ossietzky   May   Irving
vom Stein   Lawrence
Petalozzi   Knigge
Platon   Pückler   Michelangelo   Kafka
Sachs   Poe   Kock   Korolenko
de Sade   Praetorius   Mistral   Zetkin
Liebermann

Der Verlag tredition aus Hamburg veröffentlicht in der Reihe **TREDITION CLASSICS** Werke aus mehr als zwei Jahrtausenden. Diese waren zu einem Großteil vergriffen oder nur noch antiquarisch erhältlich.

Symbolfigur für **TREDITION CLASSICS** ist Johannes Gutenberg (1400 — 1468), der Erfinder des Buchdrucks mit Metalllettern und der Druckerpresse.

Mit der Buchreihe **TREDITION CLASSICS** verfolgt tredition das Ziel, tausende Klassiker der Weltliteratur verschiedener Sprachen wieder als gedruckte Bücher aufzulegen – und das weltweit!

Die Buchreihe dient zur Bewahrung der Literatur und Förderung der Kultur. Sie trägt so dazu bei, dass viele tausend Werke nicht in Vergessenheit geraten.

Knaben und Mörder

Zwei Erzählungen

Herrmann Ungar

Impressum

Autor: Herrmann Ungar
Umschlagkonzept: toepferschumann, Berlin

Verlag: tradition GmbH, Hamburg
ISBN: 978-3-8424-9415-2
Printed in Germany

Ein Mann und eine Magd

Ich bin ohne Eltern aufgewachsen. Denn mein Vater starb kurz nach meiner Geburt. Er war Rechtsanwalt in der Provinzstadt, in der ich geboren wurde. Ich besitze nichts, was mich an meinen Vater erinnert, außer einem Brief an meine Mutter.

Nach dem Tode meines Vaters, der meiner Mutter sogar ein Stück Geld hinterlassen hatte, verließ meine Mutter, von einer starken Leidenschaft oder von Abenteuerlust getrieben, mit einem Ingenieur die Stadt und ließ mich vollständig mittellos mit einem Dienstmädchen in ihrer Wohnung zurück. Seither habe ich nichts mehr von ihr gehört. Bloß der vorhin erwähnte Brief wurde später von einem Gericht in Kanada als ihre Verlassenschaft meiner Heimatgemeinde übermittelt. Damals war ich sechs Jahre alt.

Es ist klar, oder wenigstens verständlich, daß mich nichts meinen verstorbenen Eltern verbindet. Ich verstehe noch heute nicht, was Liebe zu Eltern ist. Das Organ hierfür ist bei mir nicht vorhanden: ich kann mir nicht vorstellen, was Elternliebe überhaupt bedeutet; sie läßt mich ungerührt bei anderen. Was mir gefehlt hat und wonach ich mich oft gesehnt habe, war ein warmer Mittagstisch oder ein Dach über den Kopf oder ein gutes Bett, aber einen Vater oder eine Mutter habe ich nie vermißt. Wenn ich »elternlos« sage, denke ich an Not und schlechte Kindertage. Sonst drängt sich mir keinerlei Vorstellung bei diesem Worte auf.

Ich war also allein und ohne Mittel von meiner Mutter zurückgelassen. Die Stadt hatte für mich zu sorgen und das tat sie, indem sie mich dem »Siechenhaus«, das ein reicher Bürger gestiftet hatte, übergab. In diesem Siechenhaus waren vier Freiplätze für Greise und zwei für Knaben und ich habe als einer dieser Knaben vierzehn Jahre meines Lebens verbracht.

Ich bin ein neuer Anfang gewesen. Ich wuchs heran ohne Tradition. Nichts Bewußtes hat mich der Vergangenheit verbunden. Ich habe nichts von meinem Vater gelernt und leider nichts von ihm geerbt. Dem Leben stand ich ohne vorgefaßte aufgezwungene Meinungen und ohne eingetrichterte Prinzipien gegenüber, in denen andere, wenn ich es mir recht vorstelle, schon durch die Atmosphäre eines Elternhauses aufwachsen. Was neu war, machte mich staunen und lockte mich. Auch der Trieb der Geschlechter zueinander schien mir den im Elternhause Aufwachsenden irgendwie bekannt zu sein allein dadurch, daß sie Mann und Weib miteinander sehen und sich einer Mutter in Liebe verbunden fühlen. Unvorbereitet, selbst ihren Duft nicht ahnend, trafen mich die erwachten Sinne.

Aber ich gehe weit vom Wege ab mit solchen Betrachtungen und sollte der Reihe nach alles erzählen. Wie das Haus aussah, wer es bewohnte und was sich weiter begab. Das Siechenhaus befand sich in einem alten schmutziggrün lackierten Giebelbau mit vielen Fenstern, deren jeder Flügel acht Scheiben hatte. Das ganze Haus machte auf den ersten Blick den Eindruck größter Unregelmäßigkeit. Ich glaube, es ist aus der Verbindung zweier verschiedener Gebäude entstanden. Zur Tür führten zwei ausgetretene Steinstufen und links neben der Tür stand eine Steinbank, wenn man die durch jahrelange Benützung glatt gescheuerte, auf zwei gedrungenen Blöcken ruhende Steinplatte so nennen darf. Auf dieser Steinbank bin ich manchmal gesessen, wenn ich vom Spiel mit Knöpfen und Kugeln müde war.

Auch von innen sah das Siechenhaus nicht freundlicher aus als von außen. Die ausgetretenen steilen Stufen ins erste Stockwerk, die morsche Tür in das Vorhaus, die eine schrille Glocke in Bewegung setzte, die dunklen Flecken in der angegrauten Malerei der Wände, alles das ist nicht dazu angetan, in mir helle Erinnerungen an die Zeit meiner Kindheit zu erwecken. Ich weiß, daß ich nie etwas Fröhliches in diesem Haus erlebt habe. Ich glaube, daß in diesem Haus nie gelacht wurde. Ausgelassen, laut war ich vielleicht mit anderen Kindern, wenn wir in den Winkeln der alten Gasse oder auf dem schmutzigen Platze vor der Schule spielten. Wenn ich aber das Haus betrat, war mein Herz von einem Druck beengt, den ich sogar heute noch, denke ich an das Siechenhaus zurück, in mir spüre.

Vom Vorhaus führte rechts eine Tür zur Wohnung unseres Waisenvaters und links führten einige Treppen zu den Räumen, die wir bewohnten. Nur zwei-, dreimal habe ich einen Blick in die Wohnung unseres Waisenvaters, den wir bei seinem bürgerlichen Namen, Herr Mayer, nannten, geworfen. Dort gab es Tischtücher, Familienbilder, Sofa und gepolsterte Stühle. Mir schienen diese Räume als Spitze irdischen Luxus. Und Herr Mayer als glücklichster Mensch. Heute weiß ich, daß auch er ein armer, auf das Gnadenbrot harter Leute angewiesener Mensch gewesen ist.

Das eigentliche Siechenhaus, dort wo ich wohnte, zerfiel in vier Räume. Der erste, in welchen man geradewegs über die Treppe aus dem Vorhause kam, war verhältnismäßig groß und hatte drei Fenster. In der Mitte stand der lange, mit Wachstuch bespannte Tisch, an dem wir unsere Mahlzeiten einnahmen. An der Wand hing ein großes Bild, das unseren Wohltäter darstellte; dieses Bild fürchtete ich. Ich wagte nicht, es anders als verstohlen anzusehen und gleich wieder wegzublicken. Mir war, als habe der Wohltäter böse Augen. Als kränke es ihn, daß ich hier von seiner Wohltat lebe. Ich machte den Wohltäter ungerechterweise für meine traurige Jugend verantwortlich. Hätte er dieses Haus nicht gestiftet, dachte ich, könnte ich hier nicht sein, sondern wäre wie die anderen Kinder bei den Eltern und hätte zu essen genug und hübsche Kleider und einen Ball zum Spielen. Mein Haß gegen dieses Bild ging so weit, daß ich einmal nachts mich in den Saal, so nannten wir dieses Zimmer, schlich und mit einem großen Tuche das Bild verhängte. Bei Tage, wo ich die Augen des Wohltäters auf mich gerichtet fühlte, hätte ich das nie gewagt. Das Tuch blieb einige Tage hängen. Niemand kümmerte sich darum. Bis es Herrn Mayer auffiel und er es entfernen ließ.

Mit dem Saale waren drei Kammern durch je eine Tür verbunden. Jede Kammer war für zwei Personen bestimmt. An jeder der beiden langen Kammerwände stand ein schmales hölzernes Bett, zwischen den Betten ein kleiner Tisch. Zwei Stühle, einige Haken in den Wänden und eine schwarze Kiste für Wäsche und Kleider, das war die ganze Einrichtung unserer Wohnstätte. Waschen mußten wir uns in einem Trog im Vorzimmer.

Aus den Fenstern unseres Zimmers sah man auf die schmale Gasse hinunter und in die unregelmäßigen Giebel der alten Nachbarhäuser.

Zu der Zeit, als ich im Siechenhaus aufwuchs, waren nicht alle Freiplätze besetzt. Nicht weil man keine Armen gefunden hatte, keine Greise und keine Knaben, die sich darum beworben hätten, sondern seit der Stiftung die Verhältnisse teurer geworden waren und die Zinsen des Vermögens nicht mehr für die volle Zahl der

Freiplätze gereicht hätten. So waren mit mir nur drei Greise zugleich im Hause. Ein Platz für einen Greis und einer für einen Knaben blieben unbesetzt.

Daß ich der einzige Knabe war, war nicht von Vorteil für mich. Die besondere Zusammenstellung von Knaben und Greisen zu gemeinsamem Leben ist, wie ich glaube, vom Wohltäter nicht zufällig gewählt worden. Ich glaube vielmehr, er wollte durch die Aufnahme von Knaben mit der Wohltat den praktischen Zweck verbinden, eine billige Arbeitskraft zu bekommen. Ich kann sagen, daß meine Arbeitskraft genügend ausgenützt wurde. Früh morgens mußte ich den Alten und Herrn Mayer wie seiner Frau, die ich fast nie gesehen habe, Kleider und Schuhe putzen, mußte für Stasinka, die Magd, Kohle aus dem Keller holen, Holz zerkleinern, Wasser tragen, zum Kaufmann gehen, bevor ich dann, schon müde, in die Schule ging. So bedauerte ich oft, keinen zweiten Knaben mit mir zu haben, der mir die Hälfte der Lasten abgenommen hätte. Besonders schwer fiel mir die Bedienung der alten Männer. Denn Herr Mayer und seine Frau fühlte ich als Wesen höherer Art. Mayer war zum Herrn über mich gesetzt. Und Stasinka, der Magd, war ich gerne zu Gefallen. Aber die Alten: sie waren doch meinesgleichen! Sie waren nicht mehr als ich! Warum sollte ich ihnen die Schuhe und Kleider putzen und sonst behilflich sein, diesen schmutzigen alten Männern, die ich verachtete?

Da also unser nur vier im Hause waren, stand eine der Kammern leer. In den beiden anderen aber schliefen wir, in einer Jelinek und Klein, in der zweiten der alte Rebinger und ich. Ich sage der alte Rebinger, trotzdem auch Jelinek und Klein alt waren; aber Rebinger war ganz besonders alt. Jede Nacht fürchtete und hoffte ich, er werde sterben. Aber er starb nicht. Als ich das Siechenhaus verließ, war er noch immer am Leben und sah gerade so aus, wie er immer ausgesehen hatte, seit ich mich seiner erinnern konnte.

Mit diesen Menschen, in diesem Hause habe ich die Tage meiner Jugend verbracht, abgesehen von den Stunden in der Schule und den kurzen Weilen, die ich mit anderen Jungen auf der Straße spielte. Ich war kein besonders guter Schüler. Ich war ein armes Kind, noch dazu aus dem Siechenhause. Das sagt gar viel in einer kleinen Stadt, wo die Lehrer mit den Familien der Kinder aus angesehenem

Hause verkehren, dort privaten Unterricht erteilen und durch zahlreiche Beziehungen materieller und gesellschaftlicher Natur mit ihnen verknüpft sind. Wenn ich etwas wußte, eine gute Aufgabe brachte, wurde nie wie bei anderen viel Wesen davon gemacht. Wenn ich dagegen, was wohl öfter vorkam, etwas schlecht gemacht hatte, wurde ich gescholten, ja manchmal auch – das wagte der Lehrer nur bei ganz armen Kindern – geschlagen. Dazu kam, daß mir durch das plötzliche Verschwinden meiner Mutter ein Ruf von sittlicher Minderwertigkeit anhaftete und daß selbst meine Mitschüler mich damit neckten, ja daß sie sogar einige verächtliche Verse über mich in Umlauf brachten, die mir bis zu meinem Abschied von der Schule anhafteten. Trotzdem diese Verse dumm und schlecht sind, haben sie mich, so oft ich sie hörte, so schwer gekränkt, daß ich sie mir bis zum heutigen Tage gemerkt habe, obwohl ich manches erlebt habe, was mich schwerer hätte erschüttern müssen und woran ich gleichwohl vergessen habe:

> Ich lauf zu meiner Mutter gut,
> sie ist ja Blut von meinem Blut.
> Habt ihr nicht meine Mutter gesehn?
> Ich will zu meiner Mutter gehn!
> O denkt euch meinen Schreck,
> mein gutes Mütterlein ist plötzlich weg.

Auch die Melodie, nach der dieses Spottgedicht gesungen wurde, klingt mir noch in den Ohren.

In den Pausen zwischen den Lehrstunden zogen meine Mitschüler ihr Frühstück aus der Tasche und ich stand dabei und sah ihnen mit großen Augen zu. Ich gewöhnte mir an, sie um einen Teil ihres Frühstücks zu bitten, und manchmal erhielt ich wirklich auf diese Weise ein Stückchen Butterbrot. Meistens aber bekam ich nichts, sondern wurde ausgelacht.

So war auch die Schule für mich keine angenehme Abwechslung nach Rebinger, Klein und Jelinek. Im Gegenteil, ich ging ungern in die Schule, trotzdem ich auf diese Weise dem Siechenhause auf einige Stunden entrinnen konnte. Fühlte ich doch, daß die drei Alten zu Hause mir gut seien. Sie wußten, wie wichtig ich für sie sei, wie notwendig. Sie hätten sich gehütet, sich's mit mir zu verderben.

Gewiß, sie ekelten mich an, ich verachtete sie, ich haßte sie, ich hätte sie schlagen mögen, wenn ich stark genug gewesen wäre. Aber gerade das machte mich stolz zu Hause. Dort in der Schule verachtete, verhöhnte man mich. Hier im Siechenhause war ich ein notwendiges, wenn nicht bedeutendes Glied der Gesellschaft.

Der einzige von den Alten, dem ich eine gewisse Bewunderung nicht versagen konnte, war Jelinek. Täglich um zehn Uhr vormittags ging Jelinek zum Frühstück ins Wirtshaus. Das kostete, wie er immer gewichtig erklärte, acht Kreuzer. Lange vor zehn machte sich in uns allen eine große Unruhe bemerkbar. Nur Jelinek spielte den Gelassenen. Wir fühlten alle: gleich muß der Augenblick da sein, wo Jelinek, Siechenhäusler wie wir, uns wieder bodenlos demütigen wird, und wir warteten gespannt darauf. Nie haben Rebinger oder Klein, seit sie im Siechenhaus sind, dieses Glück genossen, »gabeln« zu gehen. Gewiß war das Wirtshaus nicht vornehm, in das Jelinek gabeln ging, aber er war dort doch Gast, Herr, Käufer. Jelinek genoß die Augenblicke, bevor er uns verließ, bis zur Neige. Langsam ging er im Saale auf und ab. Klein und Rebinger taten im höchsten Maß unbeteiligt. Aber Rebinger zitterten die Kinnladen vor Wut und der Speichel rann ihm aus dem zahnlosen Mund auf den Rock. Klein bastelte mit einer derartigen Wut an dem Regenschirm, den er gerade reparierte – er war Schirmmacher gewesen und man ließ noch manchmal bei ihm eine kleine Reparatur vornehmen –, daß er fast die Stöcke zerbrach. »Also gehn wir halt«, sagte Jelinek dann kurz vor zehn mit einer Ruhe, die ihresgleichen nicht fand, und ging mit langsamen, würdevollen Schritten.

Dann aber entlud sich Rebingers und Kleins Wut. Ich glaube, sie fühlten sich in ihrer Würde verletzt durch Jelineks Gabelfrühstück. Sie begannen Geschichten zu erzählen, sie überboten einander in Schilderungen von Prassereien aus ihrem eigenen Leben, daß Jelineks Wirtshaus, sein Acht-Kreuzer-Essen, die ganze Stadt daneben verblassen mußten.

Jelinek konnte sich's nämlich leisten. Denn Jelinek machte Geschäfte. Ich stellte mir darunter immer etwas ungemein Geheimnisvolles vor, obzwar Jelineks Geschäfte gewiß höchst arm an Geheimnissen waren. Sie bestanden nämlich darin, daß er alte Flaschen um einige Heller kaufte, indem er von Haus zu Haus nach ihnen fragte, um sie dann mit einem kleinen Gewinn an einen Händler weiter zu verkaufen. Mir kam Jelinek vor wie ein Großkaufmann, dessen Schiffe auf dem Ozean fahren, warenbeladen. Neben ihm war Kleins Tätigkeit, die ich täglich vor mir sah – seine zerbrochenen Schirme –, unbedeutend und armselig.

Jelinek mit dem grauen herabhängenden Schnurrbart, der kreischenden und dabei heiseren, ewig schreienden Stimme war der einzige von meinen Mitbewohnern, vor dem ich etwas Respekt fühlte. Klein war fast blind und seine Augen blickten müde durch eine verbogene Brille. Niemals war er rasiert. Und immer hatte er einen Schirm zwischen die Knie geklemmt, an dem er bastelte. Für Klein konnte ich manchmal Mitleid empfinden, das so weit ging, daß ich ihm einen Gegenstand, nach dem seine Hände suchend tappten, der ihm zu Boden gefallen war oder den er verlegt hatte, stumm zuschob. Seine geduldige Ruhe machte meinen Haß, der selbst vor Jelinek nicht immer Halt machte, wehrlos.

Unerbittlich, unnachsichtig, stumpf war mein Herz gegen Rebinger. Sein Körper, der von den Fingerspitzen bis in die Knie ununterbrochen zitterte, seine roten, wimpernlosen Lider, die triefenden Augen, sein zahnloser Mund, der in fortwährender Bewegung war und aus dessen Winkel ohne Unterbrechung ein dünner Faden Speichel rann, sein fortwährendes stotterndes kopfloses Sprechen, seine ganze menschliche Hilflosigkeit machte mich zu seinem Feind. Ich war ein Kind und an diesen Greis gekettet, der nachts sein Bett beschmutzte und dessen verlöschendes Leben einen Schritt von mir Nacht für Nacht einen Kampf mit dem ihm zusetzenden Tode zu kämpfen schien. War ich geboren als ein böses Kind, daß dieser Alte in seinem Bresten nichts in meiner Seele rühren konnte und daß ich, wie ich glaube, an die Leiden dieses zitternden Körpers, dieser ausgelöschten Seele gekettet zu sein schwerer empfand als der Häftling seinen ewigen Kerker?

Hinter dem Siechenhause befand sich ein kleiner schmutziger Hof, aus welchem Treppen in einen Garten hinaufführten. Es war eine der Merkwürdigkeiten dieses Hauses, daß man kaum aus einem seiner Teile in einen anderen, kaum aus einem Zimmer ins andere gelangen konnte, ohne über Treppen gehen zu müssen. Der Garten war klein. Einige Bäume standen darin, in der Mitte ein alter

Nußbaum, unter dem sich eine Holzbank befand. Er grenzte an andere Höfe und Gärten, von denen er durch eine etwa mannshohe baufällige Mauer getrennt war. In einer Ecke, zu der man quer durch den Garten am Nußbaum vorbei gelangte, war ein Brunnen gebohrt, über dem ein Bottich hing; drehte man das Rad, sank der Bottich an einer knarrenden Kette in den Brunnen hinab. Aus diesem Brunnen ward das Wasser, das man im Hause brauchte, geschöpft.

Rebinger pflegte Nachmittag auf der Bank unter dem Nußbaum zu sitzen. Er hielt die Hände auf den rohen Stock gestützt und murmelte vor sich hin. Und wenn Stasinka vorbeiging, in jeder Hand eine Butte, Stasinka, die Magd, den Blick der glanzlosen Augen stumpf vor sich hingerichtet, die starken Füße in Holzpantoffeln, schleppend, nickte er ihr zu. Seine Augen waren auf ihre schweren dicken Brüste gerichtet, die bei jedem Schritt schwappten. Ich drehte für Stasinka das Rad. Und ich sah Rebingers Blicke und Stasinkas Brust und ich fühlte, daß Rebinger etwas wisse, was mir unbekannt sei.

Ohne ein Wort des Dankes ging Stasinka zurück, wie sie gekommen war. Rebinger sah ihr nach, seine eingefallenen Lippen verzogen sich zu einem lüsternen Lachen. Und der Speichel rann ihm auf den schmutzigen Rock.

Ich habe jahrelang mit Stasinka unter einem Dach gelebt und es kann kein Zweifel darüber bestehen, daß ich viel zu Stasinka gesprochen habe. Aber, wie merkwürdig es auch klingt: so genau ich mich jeder ihrer Bewegungen, ihres Blickes, ihres Ganges, ihres Körpers erinnern kann, so lebhaft ich noch heute ihren Geruch in meiner Nase zu fühlen glaube, wenn ich an sie denke, so wenig kann ich mich ihrer Stimme erinnern. Mir ist als habe ich sie nie sprechen, nie lachen gehört. Meiner Erinnerung ist Stasinka stumm. Ich höre ihren Atem, den sie schnaubend aus der Nase stößt, ich sehe ihr dickes farbloses Gesicht, ich sehe selbst das Muster ihres Kleides, aber ein Wort, das sie gesprochen hat, höre ich nicht.

Ich bin vielleicht acht Jahre oder etwas älter gewesen, als Stasinka ihren Dienst im Siechenhause antrat. Ich glaube nicht, daß Stasinka vom ersten Augenblick an mich irgendwie erregte. Das ist wohl erst nach und nach gekommen. Wenn ich es recht überlege, finde ich, daß ich vielleicht, vielleicht sage ich, vollständig teilnahmslos an ihr vorbeigegangen wäre, wenn Rebinger nicht gewesen wäre. Rebinger hat mir die Augen geöffnet und noch heute ist der Augenblick, in dem dies geschah, vollständig klar vor mir.

Ich stand im Garten, um verstohlen halbfaule abgefallene Äpfel vom Boden aufzulesen. Rebinger saß auf seiner Bank und blinzelte in die Sonne. Da kam Stasinka mit ihren Butten durch den Garten und ging auf den Brunnen zu. Ich war einige Schritte von Rebinger entfernt, sah seine Lippen sich bewegen, sah wie er zitternd den Stock auf den Boden anstieß und eine Bewegung machte, wie um sich zu erheben.

»O du dicke Kalle du«, sagte er und nach jedem Worte setzte er ab, wie um Kraft zum nächsten zu holen, »dicke Kalle du!«

Ich ließ den angebissenen Apfel zu Boden fallen. Ich sah Rebingers verzerrtes Gesicht und folgte dem starren Blick seiner Augen. Ich sah erstaunt, wie zum ersten Male, die Magd. Rebingers Lallen tönte in meinen Ohren: Kalle du! Ich hatte das Wort nie gehört. Ich wußte nichts und alles.

Etwas Neues brach ein in mich, da ich sie erkannte: Stasinka! die dicke Kalle. Nie hatte ich ein Weib anders denn bei schwerer Arbeit gesehen, nicht einmal je bei mütterlicher Zärtlichkeit. Nun bestürzte mich plötzlich der Sprudel einer schlafenden, ungerührten Quelle in mir.

Ich warf die Arme in die Höhe und entlief.

Mir ist, als müsse der erste Eindruck der erwachenden Sinne unvergänglich sein. Als sei ein jeder dem ersten Weib, das ihm begegnet, für immer verfallen, wenn auch vielleicht bloß in einer Liebe, die Religion und Sitte der Leidenschaft entkleidet haben, wie der Liebe zu einer Mutter. Meine Leidenschaft zu Stasinka ist nie erloschen, trotzdem Stasinka stumpf und ohne Glanz geblieben ist, indes ich auch Höhen des Lebens sehen durfte.

Die ersten Folgen der Begegnung im Garten waren lockende Furcht vor Stasinkas Gegenwart und auflodernde Feindschaft gegen Rebinger. Ich saß wach in meinem Bett und lauschte mit schreckdurchwühltem Gesicht wollüstig den Ausbrüchen seiner nächtlichen Schmerzen. Ich hätte ihn gewiß ersticken lassen in seinem

Husten, ohne um Hilfe zu rufen. Ich fühlte in unbestimmtem Ahnen, daß Rebinger, dieser lallende, in Nacht versunkene Greis, mein Leben aus seiner Bahn gerissen und es Schuld wie Zerstörung ausgeliefert habe. Haß und Böses in mir wurden stark an Rebingers Leiden.

Trotzdem Stasinkas Gegenwart, ihr Anblick mich zutiefst in meiner Seele schreckte und meine Glieder in Furcht vor etwas mir Drohendem, Ungewissem erbeben ließ, waren meine Träume erfüllt von Sehnsucht, sie zu sehen. Ich lauerte tagsüber auf dem dunklen Korridor, damit ihr Geruch, ihr Kleid mich streifte, wenn sie aus der Küche ging. Ich saß am Brunnen und wartete, bis sie kam, Wasser zu holen. Saß Rebinger auf der Bank unter dem Baum, verbarg ich mich im Gebüsch und ließ kein Auge von seinem Gesicht. Ich hätte nicht können ihm unverborgen gegenüberstehen. Da wäre mein Haß zum Mörder geworden. Ich hätte nur aufspringen müssen und seine Kehle wäre zwischen meinen harten Fingern zerbrochen, wären nicht Blätter und Zweige als Hindernis zwischen mir und ihm gestanden. Ich floh ins Versteck vor mir selbst.

Kam sie, drehte ich bebend das Rad. Sie sah mich nicht an. Ihre Tieraugen blickten ausdruckslos auf die rollende Kette. Sie dankte nicht und ging.

Mich aber zwang eine Kraft über mir mitleidslos in ihre Nähe. Stumm begann ich ihre Arbeit für sie zu tun. Sie stand oder saß dabei, regungslos, ihren schweren Atem aus der Nase stoßend und ließ es geschehen. Ich aber warf vom Holz, das ich spaltete, meine Blicke ängstlich auf ihre voll herabhängenden, sich langsam hebenden und senkenden Brüste.

Damals begann ich mir die ersten Kreuzer zu verdienen. Das tat ich, indem ich am Sonntag Zeitungen vom Postamt holte und den Abnehmern zustellte. Denn sonntags wurde in unserem Orte die Post nicht zugestellt. Ich verdiente so wöchentlich etwa zwanzig bis dreißig Kreuzer. Ich kaufte Süßigkeiten dafür, ein buntes Band, einen glänzenden Kamm und legte es Stasinka hin, die meine Geschenke wortlos nahm.

Mit der Zeit war es mir gelungen, mir in die Küche, die eigentlich zu Herrn Mayers Wohnung gehörte, Zutritt zu verschaffen. Abends, wenn Mayers schlafen gegangen waren, öffnete ich leise die Küchentür und trat ein. Stasinka stand da und wusch Eßgeschirr oder bereitete die Arbeit für den nächsten Morgen vor. Ich trat hinzu und nahm ihr die Arbeit aus der Hand.

So ging wieder Zeit dahin, wohl lange Zeit. Und ich wuchs heran im Siechenhause mit drei Greisen und mit einer Magd.

Der Augenblick, da ich, vierzehnjährig, das Siechenhaus verlassen sollte, dürfte nicht mehr ferne gewesen sein, als wieder ein Ereignis eintrat, das sich mit besonderer Deutlichkeit meiner Erinnerung eingeprägt hat.

Es war an einem Abend in der Küche. Die kleine Petroleumlampe brannte auf dem Küchentisch. Stasinka und ich hockten auf der Erde und lasen Linsen aus einer großen Waschschüssel. Stasinka saß mir ganz nahe. Ich wagte nicht, die Arme oder Füße zu bewegen, kaum die Hände zu rühren. Nur meine Finger langten wie fremde Apparate die schlechten Linsen aus der Schüssel. Es war als sei Stasinkas Gegenwart körperlich eine Last, die schwer über mir und ihr und den Dingen ruhe.

Ich fühlte ihren Atem an Ohr und Wange. Meine Nase sog den warmen Geruch ihres Körpers. Wie ein müdes großes Tier hockte sie da in der Fülle ihres trägen Fleisches, die Augen lichtlos und die großen Hände neben den meinen in der Schüssel.

Meine Füße begannen zu zittern. Ich hatte das Gefühl, als verlöre der Körper seinen Halt und fiele. Aber ich fürchtete mich so entsetzlich, Stasinka auch nur um die Breite eines Haares näher zu kommen, als würde dann unfehlbar etwas Ungeheures, Niederschlagendes hereinbrechen über mich, mich zu vernichten.

Ich begann zu schwanken. Bebend löste sich der Krampf der widerstehenden Muskeln. Ich fühlte, wie meine Schulter sich der ihren näherte, fühlte es, als ob ich dabei einen ungeheuren langen Weg durchmesse. Nun berührte mein Körper den ihren.

Stasinka aber schob mich von sich. Und hatte die Hand wieder ruhig in den Linsen.

Da brach Lust auf in mir. Knabenscheu schwand, Tier, Leidenschaft, Blut schrie in mir. Ich war frei. Ich war bereit, Herr zu sein. Noch tasteten meine Hände Bruchteile von Sekunden hilflos an meinem Kopf, dann streckten sie sich. Ich sprang auf. Griff nach Stasinkas vollen, dicken, sich hebenden, senkenden Brüsten.

Stasinka erhob sich stumm. Sie umfaßte mich und hob mich wie eine leichte Last. Sie öffnete die Tür. Sie stieß mir ihre schwere Faust gegen die Rippen und ließ mich an der Schwelle zu Boden fallen. Dann schloß sie ruhig hinter sich die Tür.

Ich aber, daliegend, mich windend, erlitt die erste Entzückung der Liebe.

Die letzten Monate meines Aufenthaltes im Siechenhause half ich Stasinka nicht mehr bei ihrer Arbeit. Ich belauerte und verfolgte sie. Ich wollte nicht mehr Stasinka dienen. Ich wollte stärker sein als sie.

Ich stand nachts an der Küchentür und hörte ihr ruhiges, vollgefressenes Schlafen. Ich belauschte sie, das Ohr an die Tür gepreßt, bei ihren menschlichen Verrichtungen und bebte in gewaltsam verhaltenen Lüsten. Ich folgte ihr in den Keller und lauerte auf die Stunde, da ich sie packen könne, Stasinka packen an ihren dicken Brüsten. Doch ich fürchtete den glanzlosen Blick ihres stummen Seins.

So, von unerfüllten Lüsten durchtobt, vergingen die letzten Tage meiner Leiden im Siechenhause. Die Schule hatte ich bereits verlassen und der Tag kam immer näher, an dem ich von meiner Jugend Abschied nehmen sollte, in die Welt gehen, einsam, ganz auf mich allein gestellt, und sehen, wie ich mir forthelfe.

Der Abschied ward mir nicht schwer. Um so mehr als ich vorläufig in unserem Orte bleiben sollte und mein Auszug kein Abschied für immer war. Täglich nach der Arbeit würde ich ins Siechenhaus gehen können, sollte mich etwas dazu treiben. Aber ich hatte keinerlei Gefühle für das Haus und seine Insassen, nicht einmal ein Gefühl der Dankbarkeit. Ich war froh, das Haus meiner traurigen Kindheit, die Greise wie Herrn Mayer zu verlassen, froh, das Bild des Wohltäters nicht mehr vor mir sehen zu müssen und meine Seele war voll von Bildern einer glücklichen Zukunft, in der ich nicht mehr duldete, sondern Herrn war und über andere gestellt.

Stasinka, die Magd allerdings, blieb, indes ich ging. Ich würde ihr nicht mehr nachschleichen können auf ihren Wegen durch das Haus und ihre Gegenwart würde nicht mehr um mich sein, wenn ich aus dem Hause war. Aber ich würde einmal, das wußte ich, wieder kommen und vor Stasinka stehen als Herr, in dessen Hand Macht gegeben ist, Macht über Gold, über Menschen und würde sie lachend zur Erde zwingen vor mir.

Zwei Tage vor meinem Abgang ward ich zum Verwalter des Hauses, einem angesehenen Bürger, gerufen. Er hielt mir eine Ansprache, von der ich nicht viel verstand, weil ich durch den Reichtum, mit dem das Zimmer, in dem ich empfangen wurde, mir eingerichtet zu sein schien, abgelenkt wurde. Nur so viel weiß ich, daß er mich ermahnte, des Wohltäters und seiner guten Tat an mir in meinem ferneren Leben eingedenk zu bleiben und daß er, wie mir heute scheint, mehr sich als mich darüber zu beruhigen versuchte, daß ich hilflos und einsam in die Welt gestellt würde, indem er ausführte, ich könne auf Grund des Samens, der im Siechenhause in meine Brust gelegt worden sei, im Kampfe ums Leben, der mir bevorstehe, nicht verlorengehen. Trotz dieser Teilnahme für mich entließ er mich mit einem Geldgeschenk von zehn Gulden, das der Wohltäter für die das Siechenhaus verlassenden Knaben festgelegt hatte, um sich nie mehr um mein Schicksal zu bekümmern.

Am Morgen, an dem ich scheiden sollte, stand ich auf wie immer und putzte wie immer Klein, Jelinek, Rebinger und Herrn und Frau Mayer Kleider und Schuhe. Dann sagte ich Herrn und Frau Mayer Lebewohl. Herr Mayer sagte einige Worte, in denen er mir viel Glück wünschte und hielt unterdessen meine Hand fort in der seinen. Mir war als sei ihm als einzigem schwer, mich ins Ungewisse ziehen zu lassen und als suche er nun vergeblich, mir etwas Gutes zu sagen. Ich muß irgendwie unbestimmt seine Güte gefühlt haben und damit, daß ich nun ja doch ein Zuhause verliere, wenn auch ein armes und freudloses; denn ich begann zu schluchzen. Da küßte mich Herr Mayer auf die Stirn.

Dann ging ich in den Saal, wo die Greise saßen, packte meinen Rock in ein Zeitungspapier, nahm meine kleinen Habseligkeiten zusammen, reichte den Alten die Hand und ging. Im Hofe stellte ich mich unter das Küchenfenster und rief:

»Lebewohl, Stasinka, ich gehe ja fort von hier, lebewohl!«

Stasinkas Kopf erschien im Fenster und ihre Augen sahen mich müde an.

Ich hatte nicht weit zu gehen. Etwa fünf Minuten vom Siechenhaus entfernt stand das Gast- und Einkehrwirtshaus »Zur Glocke«, in dem ich als Lehrling eintreten sollte. Denn ich wollte Kellner werden. Dieser Beruf schien mir von allen, die in Frage kamen, weitaus der aussichtsreichste und lockte mich auch sonst, ohne daß ich mir darüber Rechenschaft gegeben habe, an. Vielleicht ist Jelineks Gabelfrühstück, die tägliche Vormittagszene im Siechenhause schuld daran gewesen, mir einen Beruf, der mit ständigem Aufenthalt in einem Gasthause verbunden ist, besonders verlockend erscheinen zu lassen. Was immer mich zu dieser Wahl bestimmt haben mag: ich trat bei der Witwe Glenen als Schanklehrling in die Lehre.

Die Witwe war ein altes, grauhaariges Weib. Sie schielte ein wenig, war dick und resolut. Man sah es ihr an, daß sie imstande war, mit betrunkenen Gästen und Knechten fertig zu werden.

Das lange dunkle Gastzimmer machte gewiß keinen vornehmen Eindruck. Leute mit dem Hut auf dem Kopf, Pfeifengestank, bespuckter Fußboden, schreiende Kartenspieler, dazu noch ein Musikautomat, der den Lärm vergeblich zu überschreien versuchte. In einer Ecke thronte die Witwe Glenen hinter dem kleinen Laden, umgeben von Flaschen, Gläsern und glänzenden Pipen. An ihr mußte jeder vorbei, der das Zimmer verließ und mit ruhiger Selbstverständlichkeit strich sie das hingelegte Nickel- oder Silberstück in ihre Lade.

Meine Tätigkeit bestand fürs erste darin, von Tisch zu Tisch zu gehen und die Gläser nach den Gästen, die fortgegangen waren, zu sammeln und hinter dem Laden in einem Eimer zu spülen, dann auf einen Wink von Frau Glenen in den Keller zu springen und diese oder jene Flasche zu holen. Außerdem hatte ich aufzureiben, zu heizen, Holz zu zerkleinern, Kleider, Schuhe zu putzen, kurzum alles zu tun, was gerade zu tun war, während Franz, der ältere Lehrling, unter den strengen Blicken der Frau, die ihre Augen nicht von ihm ließ, die Gläser füllte, die ihm die Gäste oder die ich ihm hinschob und außerdem in Stall und Hof nach Ordnung und Sauberkeit sehen mußte.

Leicht war die Arbeit, die ich zu leisten hatte, nicht, und abends war ich so müde, daß ich auf die Schütte Stroh, die ich mir im Gastzimmer gerichtet hatte, hinsank und einschlief. So kam es, daß ich in der ersten Zeit nicht ins Siechenhaus ging, ja kaum manchmal an Stasinka zu denken Zeit fand. Erst später, als ich an die Arbeit gewöhnt und mich von dem oder jenem zu drücken gelernt hatte, pflegte ich um die Dämmerung aus der »Glocke« davonzulaufen und von rückwärts durch fremde Gärten und über Mauern in den Siechenhausgarten einzudringen. Dort stand ich dann im Gebüsch und wartete, bis Stasinka kam. Kam sie, trat ich langsam vor und drehte wie früher das Rad. Sie ließ es geschehen. Nie schien sie davon irgendwie überrascht. Dann ging sie, ich sah ihrem in den Hüften sich langsam unter der Last der vollen Wasserbutten bewegenden Körper nach, der im Hause verschwand. Ich ging, auf demselben Wege, auf dem ich gekommen war.

Lange konnte mir die Stellung im Gasthaus »Zur Glocke« nicht gefallen. Ich hatte Größeres im Auge. Mir schwebten menschengefüllte Restaurants, lichtdurchflutet, vor, von denen Franz mir erzählte, der einmal in der Hauptstadt gewesen war. Ich sah mich mit einem enganliegenden schwarzen Rock bekleidet zwischen Tischen, an denen vornehme Menschen saßen, hindurchschreiten und hatte eine Tasche voll klingenden Geldes. Franz sparte, um in die Stadt fahren zu können und dort eine Stelle zu suchen, und ich beschloß, mit ihm zu gehen. Allerdings konnte ich nicht daran denken, mir von den Kreuzern, die ich manchmal von einem Knecht, dem ich beim Ausspannen half, geschenkt bekam, die vierzig Kronen, die man nach Franzens Berechnung fürs erste brauchte, zurückzulegen. Aber über die Geldfrage machte ich mir keine Sorgen. Und als Franz mir einmal nachts mitteilte, er werde in zwei Tagen morgens sich auf die Beine machen, erklärte ich ihm meinen Willen, ihn zu begleiten.

Vorbereitungen hatte ich keine zu treffen. Nur was ich am Leibe trug, war mein Besitz. Abschied zu nehmen hatte ich von niemandem außer von Stasinka. Das wollte ich in der letzten Nacht tun.

Am Abend vor unserer Abreise ging Franz zu Bekannten und Verwandten Abschied zu nehmen. Ich blieb. Im Hause wurde es ganz ruhig. Frau Glenen schlief fest im dritten Zimmer. Nur hie und da hörte man aus dem Stalle das Klirren einer Kette, an der ein Pferd riß.

Ich stand von meinem Strohlager auf und tappte mich zum Laden, ohne Licht zu machen. Ich ging zur Geldlade und steckte meine Messerklinge in den schmalen Spalt zwischen Lade und Pultdecke. Dann begann ich langsam die Pultdecke zu heben. Da es mir
nicht gelingen wollte, die Lade auf diese Weise zu öffnen, begann
ich die Schrauben, mit denen das Schloß im Holze befestigt war, zu
entfernen. Dann versuchte ich, das Schloß in seinem Lager zu lo-
ckern. Das gelang. Die Lade ließ sich schon ein klein wenig heraus-
ziehen. Jetzt stemmte ich das Messer noch einmal mit aller Kraft
gegen die Pultdecke und zog zugleich die Lade mit einem heftigen
Ruck vor. Das Schloß knackte und die Lade war geöffnet.

Ich nahm zweihundert Kronen in Noten, die regelmäßig aufeinander geschlichtet lagen, an mich und schob die Lade zu. Dann
ging ich aus dem Hause, um von Stasinka Abschied zu nehmen.

Im ganzen habe ich zweimal in meinem Leben gestohlen. Das
war mein erster Diebstahl, vom zweiten werde ich später erzählen
müssen. Das sei vorweggenommen, daß mein zweiter Diebstahl
sich vom ersten im wesentlichen dadurch unterschied, daß ich beim
zweiten Male schon wußte, damit etwas Schlechtes zu tun, während
ich das erste Mal von diesem Gedanken ganz unberührt war. Es
schien mir damals selbstverständlich, dieses Geld aus der Lade an
mich nehmen zu dürfen, da ich es doch dringend brauchte. Und ich
glaube heute, wo ich doch über viele Dinge, die ich in meinem Leben getan habe, schon anders denke als zu der Zeit, da ich sie tat,
daß ich mit diesem ersten Diebstahl wohl wirklich nicht etwas
Schlechtes getan habe; die Unbefangenheit, mit der ich damals
stahl, spricht mich vor mir selbst frei.

Ich nahm also das Geld an mich und ging, von Stasinka Abschied
zu nehmen. Wie so oft kroch ich über Mauern bis ich im Siechenhausgarten und vor Stasinkas Fenster stand. Es war eine warme
Sommernacht und Stasinkas Fenster stand offen. »Stasinka«, rief ich
leise, »Stasinka«, und da sich nichts rührte, nahm ich eine Handvoll
Sand und kleine Steinchen und warf sie durchs offene Fenster.

Stasinkas Kopf erschien verschlafen und zerrauft. »Komm herunter«, flüsterte ich, »ich reise weg. Ich will dir was sagen, Stasinka.«

Sie verschwand. Es vergingen einige Minuten, in denen ich angstvoll zwischen Hoffen und Hoffnungslosigkeit bebte. Endlich erlöste mich das Geräusch ihres schweren Schrittes auf der Treppe.

Sie trat aus dem Hause. Der Körper war durch ein Tuch nur zur Not verhüllt.

»Ich fahre weg, Stasinka«, sagte ich, »ich bin gekommen, dir Lebewohl zu sagen.«

Sie schwieg. Ich drängte mich an sie. Das Bewußtsein, sie lange, lange, vielleicht nie mehr zu sehen, gab mir Mut.

»Ich fahre weg, hörst du«, sagte ich; ich stand ihr schon ganz nahe. »Ich bin noch nicht quitt mit dir, Stasinka.« Daß sie stumm dastand, teilnahmslos, machte mich wütend. »Nun kannst du mich nicht mehr aufheben wie ein Kind, du, nein! Hörst du, nicht mehr aufheben!«

Ich drängte sie gegen die Tür. Stasinka gab mir, ohne Widerstand zu leisten, nach.

»Nun zeige ich dir, wer jetzt der Stärkere ist, Stasinka! Willst du das sehen?« Wir standen im dunklen Vorhaus. Ich zog die Tür hinter uns zu.

Aus dem vergitterten Fenster neben der Tür fiel ein matter Schein auf ihre Gestalt. Nichts war zu hören als ihr gleichmäßiger schwerer Atem.

Jetzt griff ich sie fest um ihren Leib. Sie hob die Hand abwehrend gegen mich. »So willst wohl wieder, wieder wegschieben, zur Seite schieben, he? Stasinka? Du!«

Ich schob mein Bein hinter ihr Knie und legte sie zu Boden. Ihre Augen sahen mich fremd und unbeweglich an. Ich kniete über ihr. Als ich nach ihren Brüsten griff, suchte sie sich mit einem plötzlichen Ruck zu entwinden. Ich fuhr ihr gegen die Gurgel.

»Kalle du, Kalle du«, sagte ich und stürzte mich über sie.

Sie hob die Hand, als zeige sie nach oben. Ihr Blick war starr nach oben gerichtet, als sähe er etwas Entsetzliches.

Ich wand mich um. Und sah – ans Fenster gepreßt, verzerrt zu faunischer Fratze – Rebingers Gesicht.

Ich sprang auf und lief hinaus. Er stand da und seine Hände hielten die Gitterstäbe umklammert. Ich trat von rückwärts auf ihn zu.

Ich hatte das Gefühl, als seien meine Hände, die sich um Rebingers dürren Hals schlossen, eiserne Zangen. Ich fühlte wollüstig das ewige Zittern seines Körpers in meinen Fingern. Als es aufgehört hatte, ließ ich seinen Körper zu Boden fallen.

Dann ging ich in das Haus zurück, befreit, wie nach einer großen Tat. Stasinka war nicht mehr da.

Ich schlich die Treppe hinauf. Ich wußte, daß die Glocke an der Tür nicht läute, wenn man sie mit plötzlichem Ruck öffne. Sie gab einen kurzen, leisen Ton.

Die Küche war versperrt. Ich kratzte an der Tür wie ein Hund. Dann lauschte ich und hörte: den lauten Atem der schlafenden Stasinka.

Als ich durch den Garten ging, sah ich im dämmernden Morgen Rebingers Gestalt wankend und unsicher sich an der Mauer entlang ins Haus tasten.

So verließ ich das Siechenhaus und Stasinka. Zum letzten Male für lange Zeit kroch ich über Mauern und schlich durch die Gärten. Ich wandte mich nicht um. Langsam schlenderte ich dem Bahnhof zu.

In der Stadt nahmen wir Wohnung in einem finsteren schmutzigen Viertel. Mit uns schliefen noch drei Männer im Zimmer. Nacht für Nacht andere. Tagsüber liefen wir von Hotel zu Hotel, um unsere Dienste anzutragen.

Franzens Pläne gingen, wenigstens fürs erste, nicht so hoch wie die meinen. Er fing bei den kleinen Hotels an und war zufrieden, nach vier oder fünf Tagen in einem Absteighotel eine Stelle als Lohndiener zu erhalten, die angeblich wegen des stündlich wechselnden Publikums besonders einträglich sein sollte. Ich fand Franzens Standpunkt begreiflich. Er hatte ja bloß vierzig Kronen und ich hatte noch fast zweihundert. Ich konnte mir's erlauben, wählerisch zu sein.

Ich hatte mich immer im engen schwarzen Rock gesehen, hineilend zwischen Tischen, an denen vornehme Leute saßen. Nun wollte ich nichts nachlassen von meiner Forderung. Höchstens eine Livree wie sie die Boys, die gelassen in den Hallen der eleganten Hotels standen, trugen, hätte ich für den schwarzen Rock getauscht. Aber wie Franz mit hinaufgekrempelten Hemdärmeln, eine blaue Mütze mit goldenen Buchstaben auf dem Kopfe, das wollte ich um keinen Preis der Welt.

So lief ich denn weiter, von Hotel zu Hotel, ohne Erfolg. Langsam wurde ich bescheidener und ich begann, in Cafés und Restaurants mich anzubieten. Vielleicht wäre ich in kurzem wie Franz Lohndiener in einem Hotel letzter Güte geworden, hätte ich nicht eine Bekanntschaft gemacht, die mich davor bewahrte.

Franzens Bettstatt bezog ein junger blonder Mensch, den ich zu meinem Erstaunen in den folgenden Tagen Abend für Abend neben mir traf. Kein Wunder, daß wir zwei als die einzigen Bleibenden im ewigen Wechsel der nächtlichen Gäste einander näherkamen. Ich erfuhr, daß mein Nachbar Kaltner heiße, daß er einige Jahre in Amerika gelebt und sich dort auch etwas beiseite gelegt habe. Er sei hierher gekommen, leider, um es nun hier zu versuchen, habe aber erkannt, daß hier kein Geld zu machen sei, und kehre nun, und zwar schon in den nächsten Tagen, nach Amerika zurück. Die Karte zur Überfahrt hatte er schon in der Tasche.

Kaltner erzählte mir von Amerika. Daß man dort sein Glück machen könne, wenn man arbeiten wolle, und daß er jedem, der ihn darnach frage, raten könne, hinzugehen.

Mich verlockten die Aussichten, die sich mir nach Kaltners Erzählungen in Amerika bieten würden. Ich ließ mich von Kaltner in einem Café einem älteren Herrn mit einem Vollbart vorführen, der mich durch ein goldgefaßtes Augenglas, das er zu diesem Zwecke am vorderen Drittel seiner hageren Nase festklemmte, prüfend musterte.

»Haben Sie hundertzwanzig Kronen?« fragte der Herr unvermittelt, nachdem er mich eine Weile auf diese Weise angesehen hatte. Als ich ja sagte, setzte er sich sofort hin und schrieb etwas auf einen braunen Zettel. »Bitte«, sagte er. Ich legte hundertzwanzig Kronen hin und er gab mir den Schein.

Das alles war sehr schnell gegangen und ohne daß ich eigentlich um meinen Willen gefragt worden wäre. Selbst wenn ich aber gewollt hätte, hätte ich nicht gewagt zu widersprechen.

Tags darauf befand ich mich auf der Reise nach Hamburg und einen weiteren Tag später schiffte ich mich auf einem alten schmutzigen Schiff, das »Neptun« hieß, ein.

Ich hatte nichts mit als drei Laibe Brot und einen Geldbetrag von zwanzig Mark.

Ebenso wie meine erste Eisenbahnfahrt hat auch die erste Reise über den Ozean keinen Eindruck auf mich gemacht. Ich bin für Naturschönheit wohl nicht empfänglich gewesen, worüber sich niemand wundern wird, der weiß, daß ich im Siechenhaus aufgewachsen bin, und nach dem, was ich erzählt habe, begriffen hat, welcher Art meine Kindheit gewesen ist. Ganz abgesehen davon, daß ich keine Zeit zu müßiger Naturbetrachtung hatte, da ich auf dem Schiffe Hunger litt und nur dadurch mich wohl am Leben erhalten habe, daß ich den elenden Zwischendeckpassagieren Wasser zutrug, Kinderwäsche waschen half und ähnliches mehr, wofür ich da einen Happen übelriechender Wurst, dort ein Stück Brot oder einen Schluck Schnaps erhielt.

Man könnte denken, daß das Zusammenleben mit den Auswanderern, diesen schmutztriefenden, halbverhungerten Menschen, mich weich gemacht habe für menschliches Elend.

Aber die Armut meiner Reisegefährten erweckte Abscheu in mir und Verachtung. Reich sein, dachte ich, mächtig sein! Und Gold, viel Gold in der Tasche. Und dann vor Stasinka hintreten, die Magd aus dem Siechenhause.

Das war wohl der einzige Traum meiner Jugend.

Auf dem Schiffe schon hatte ich erfahren, daß es in New York Viertel gäbe, in denen Deutsche und Juden wohnen, wo man daher fortkommen könne, ohne englisch zu sprechen. Wir kamen am Morgen an und ich ließ mich von einem Mitreisenden, der seine Frau aus Europa geholt hatte, in diesen Stadtteil führen. Dort machte ich mich sogleich auf die Suche nach einem Verdienst.

Ich war vom Glück begünstigt. Denn nachmittags war ich schon Aushilfsbursche in einer kleinen Bar.

Dort gefiel es mir nicht lange. Ich hatte viel Arbeit und unangenehme Arbeit, und kaum genug Verdienst, um mich satt zu machen. Täglich kam es zu Raufhändeln, die ich über einen Wink meines Chefs dadurch schlichten mußte, daß ich die Gäste auf die Straße setzte. Ich verließ diesen Posten bald und kam nach einiger Zeit, in der ich von Tag zu Tag eine andere Stellung hatte, in ein Tingeltangel, in dem ich mehrere Monate blieb. Hier ging es mir verhältnismäßig gut. Eine von unseren Damen, ein großes, schlankes Mädchen von etwa dreißig Jahren mit hellblondem Haar, fand nämlich Gefallen an mir, so daß ich neben meinem eigenen Verdienst noch einen Teil des ihren einstreichen konnte.

Trotzdem wäre ich wohl auch in Amerika nicht weitergekommen, sondern Zeit meines Lebens Barkellner geblieben, höchstens Besitzer einer kleinen Bar geworden, hätte ich nicht Mut und Skrupellosigkeit genug besessen, meinem Glück ein wenig nachzuhelfen. Ich hatte eingesehen, daß ich in unserem Tingeltangel auch nicht mehr erreichen könne, als ich schon erreicht hatte, und verließ es deswegen, indem ich, um einen Abschied von meiner Freundin zu vermeiden, eines Tages ausblieb.

Ich kam als erster Kellner in eine Bar, in der viel und hoch gespielt wurde und in der es darum etwas zu verdienen gab. Meine Tätigkeit in dieser Bar ist entscheidend für mein Leben geworden.

Ich war etwa zwei Monate in der Chicago-Bar, als einmal gegen Morgen mein Blick auf einen dicken schlafenden Herrn fiel, der nach seinem Äußeren ohne Mühe als wohlhabender Viehhändler oder Farmer zu erkennen war. Ich stand an den Pfosten der Küchentüre gelehnt. Der schlafende Herr war der letzte Gast. Ich war müde und blickte gähnend nach der Uhr. Es war halb fünf Uhr. Ich sah zum Mixer hinüber, der hinter dem Bartisch duselte, und wieder zum schlafenden Gast. Mein Blick blieb an seinem Rücken hängen. Der Rock hatte sich etwas hinaufgeschoben und in seiner gespannten Hose waren deutlich die Konturen einer gefüllten Brieftasche zu erkennen.

Langsam ging ich an dem Schlafenden vorüber. Ich nahm das leere Glas, das auf dem Tische vor ihm stand, und trug es zum Bartisch. Kein Zweifel: Gast und Mixer schliefen tief.

Ich zog mein Messer aus der Tasche und schnitt im Vorübergehen mit scharfem Schnitt die Hosentasche auf. Dann ging ich wieder zur Küchentüre und lehnte mich an den Pfosten.

Der Riß in der Hose klaffte bei jedem Atemzuge des Mannes. Eine braunlederne Tasche, wie sie eben die Viehhändler vom Lande tragen, wippte und wurde mit jedem Atemzuge deutlich sichtbar. Ich bewegte mich nicht. Meine Augen gingen ohne Unterbrechung im Kreise vom Gast zum Mixer, vom Mixer zur Tasche.

Nach einigen Minuten war die Tasche fast ganz sichtbar. Der obere Rand ragte schon aus dem Tuch der Hose heraus. Nur am unteren Ende hielt sie noch leicht.

Ich ging langsam auf den Mann zu, griff mit zwei Fingern nach der Tasche und schritt rasch zur Tür hinaus auf die Straße. Um in meinem weißen Kellnerdreß nicht aufzufallen, pfiff ich mir einen Wagen und fuhr nach Hause.

Dort erst öffnete ich die Tasche. Ich fand viertausend Dollars in Papier. Viertausend Dollars ist Geld, Stasinka, viertausend Dollars ist Geld.

Zugleich machte ich mich reisefertig und saß im nächsten Zug, der nach dem Westen fuhr.

Das war mein zweiter und letzter Diebstahl. Von da an hatte ich es nie mehr notwendig zu stehlen. Ich hatte in der Brieftasche neben dem Geld auch Adressen von Viehhändlern in allen Staaten gefunden. Die Beziehungen meines Vorgängers nutzte ich aus und hatte nach zwei Jahren fünfundzwanzigtausend Dollars verdient.

Nun fuhr ich Kajüte nach Europa.

Es war ganz selbstverständlich, daß ich nach Europa fuhr. Ich bin nie ein Träumer gewesen. Ich habe in Amerika schwer gearbeitet und keine Zeit gehabt, von Stasinka zu träumen. Ich dachte an sie und sah ihren schleppenden Gang, die großen, schweren Brüste und den stummen Tierblick ihrer Augen. Ich sehnte mich nicht nach ihr: ich wußte, ich müsse noch einmal ins Siechenhaus zurück und Herr werden über Stasinka.

An einem Sommerabend kam ich in meiner Heimat an. Am Bahnhof hatte sich nichts verändert, aber gegenüber stand ein neuer Gasthof. Ich kehrte ein. Beim Abendessen holte ich den Wirt aus und erfuhr, daß im Siechenhaus alles geblieben sei, wie es damals war. Bloß Jelinek, Klein und Rebinger waren gestorben. Dafür saßen drei andere Greise an ihrer Stelle. Ich sagte dem Wirt, dem mein Interesse fürs Siechenhaus sonderbar vorzukommen schien, daß ich selbst dort aufgewachsen sei, und fragte dann unverhohlen nach Stasinka. Stasinka war noch immer Magd im Siechenhause.

Als es ganz finster geworden war, machte ich mich auf den Weg. Wieder wie als Bursche in der »Glocke« schlich ich mich durch die Gärten und über Mauern. Ich kannte noch jeden Schritt. Dann stand ich im Garten des Siechenhauses. Ich warf wie früher eine Handvoll Sand durch das geöffnete Küchenfenster. Stasinkas Kopf erschien.

»Stasinka«, sagte ich, »ich bin zu dir gekommen. Kennst du mich noch, Stasinka...? Komm herunter zu mir, Stasinka!«

Stasinkas Kopf verschwand. Ich wußte, daß sie gehorchte. Sie trat aus der Tür, wieder bloß in ein Tuch gehüllt. »Ich bin zu dir gekommen, Stasinka«, sagte ich.

»Sieh mich bloß an, Stasinka, sieh mich doch näher an. Ich bin was geworden, siehst du. Weißt du, was das heißt: was geworden?«

Stasinka sah mich ergeben an. Sie hatte noch immer die großen hängenden Brüste und noch immer stieß sie laut den Atem aus der Nase.

»Nun wirst du mich doch nicht wegschieben, Stasinka!« sagte ich. Ich trat nahe an sie heran. »Nun doch nicht mehr. Jetzt bin ich ein Herr, Stasinka, verstehst du, ein Herr!«

Ich legte meinen Arm um sie. Sie stand müde da.

Meine Finger griffen nach Stasinkas Brust. Aber Stasinka streckte ihre Hände aus und stieß mich ruhig von sich. Ihre Augen waren unbeweglich und zu Boden gerichtet.

»Stasinka«, sagte ich, »ich bin kein Waisenkind mehr. Stasinka, jetzt bin ich stärker als du.«

Stasinka, die Magd aber, wandte sich um und sich leise in den Hüften wiegend, als trüge sie die schweren Butten zum Brunnen, ging sie langsam zur Tür.

Dich mach ich noch kirre, dachte ich, dich mache ich kirre!

»Stasinka«, sagte ich, und ich bemühte mich, ruhig und freundlich zu sprechen. »Deswegen bin ich nicht zu dir gekommen, fürchte dich nicht, deswegen nicht. Ich wollte dich... Ich wollte dich mitnehmen nach Amerika!« Sie blieb an der Tür stehen. Und ich begann ihr zu erzählen von Amerika. Ich wußte nicht, was sie locken würde, was sie verstehen konnte, und so schilderte ich ihr alles ohne Ordnung. Bei schönen Kleidern, die sie tragen würde, fing ich an. Ich sprach von dem ruhigen Leben, das sie führen würde. Von Geld sprach ich, von Essen und wieder von Essen. Ich verbiß mich in dem plötzlichen Gedanken, sie nach Amerika zu nehmen. »Aber gleich mußt du mit mir gehen «, sagte ich, » morgen! Ich komme dich holen. In der Früh. Und du wirst mit mir gehen, Stasinka!«

Sie ging ins Haus hinein. Ich wußte, sie würde morgen mit mir gehen. Denn sie würde gehorchen. Dann war sie in meine Macht gegeben und ich wollte sie zerbrechen sehen unter meiner Gewalt.

Am Morgen holte ich sie ab. Sie kam ohne Hut mit einem in ein Tuch geschlagenen Bündel, das ihre Habseligkeiten barg. Sie folgte mir in einem Abstand von wenigen Schritten zum Bahnhof. Ich nahm Karten erster Klasse für uns beide. Stasinka sollte sehen, wer ich sei. Aber sie saß stumm mit bewegungslosen Augen auf ihrem Platze.

In Hamburg kaufte ich ihr einen Hut und ein Kleid. Sie war weder erstaunt noch dankbar. Sie nahm es schweigend hin.

Wir schifften uns ein, ich erste, sie dritte Kajüte. Vielleicht verstand sie eher, wenn sie den Unterschied sah. Täglich ließ ich sie in meine Kajüte holen und ihr einen Imbiß servieren. Sie aß, schwer atmend und schweigend. Lange noch, nachdem sie gegangen war, lag der Geruch ihres Körpers in der Kajüte. Ich saß da und sog ihn ein wie den Rauch einer Zigarre. Nun wollte ich sie nicht mehr besitzen. Nur sich aufbäumen wollte ich Stasinka sehen gegen mich, aufschreien hören. Aber sie blieb stumm und ihre Augen sahen mich glanzlos an.

In New York quartierten wir uns in einem kleinen Hotel ein. Stasinka bekam ein kleines Dachzimmer. Für mich nahm ich ein Zimmer in der ersten Etage. Dann ging ich daran, auszuführen, was mir, als ich im Siechenhausgarten Stasinka gegenüber stand, wie ein Blitz durch den Kopf gefahren war.

Ich wußte, wo man in New York seine Leute trifft und suchte ein kleines Café auf, in dem russische und polnische Juden verkehrten. Es war ein kleines rauchgeschwärztes Lokal, an den Wänden befanden sich Plüschbänke, die wohl einmal rot gewesen waren. Dicht gedrängt standen kleine Marmortischchen, an denen die Gäste saßen, viele mit dem Hute auf dem Kopf. Manche gingen von Tisch zu Tisch oder standen in den schmalen Gängen zwischen den Tischen. Das Zimmer war erfüllt von den schreienden Stimmen der gestikulierenden Menschen und dem Klappern der Geschirre, die in einem Winkel des Raumes gefüllt und gespült wurden. Ein Kellner, blaß, mit verschlafenen Augen, in einem fettglänzenden Frack, trug Gläser mit Tee auf einer großen Tasse.

Ich sah mich nach einem Platze um. In einer Ecke saß ein Herr, dem Aussehen nach ein galizischer Jude, allein an einem Tische. Ich setzte mich zu ihm. Er sah mich beobachtend ein Weilchen an, dann sprach er mich an.

»Frisch in New York?« fragte er.

»Selber frisch«, sagte ich kurz.

Er erkannte sofort, daß ich kein Neuling sei. Langsam fuhr er sich mit seiner Hand durch den schütteren braunen Vollbart. Die Hand war fein und zart wie eine Kinderhand. Seine wimperlosen entzündeten Augen gingen unstet durch den Raum.

Durch die schmutzigen Fenster schien trübe das Licht eines regnerischen Tages. Ich sah teilnahmslos auf die Straße hinaus und wartete, daß mein Nachbar mich wieder anspreche. Nach einer Pause fing er wieder an:

»Sie machen Geschäfte?«

»Nein. Ich stehle.«

Er lächelte zu meinem Witz.

»Geschäfte, ich hab mir's gedacht. In was, wenn ich fragen darf? Ich kann Ihnen sagen, man ist schon anders zusammengekommen. Kann man wissen, vielleicht kommen wir auch zusammen.«

Ich sah mein Gegenüber mit durchdringendem Blicke an. Dann sah ich mich vorsichtig um, wie um mich zu vergewissern, daß uns niemand belausche.

»Sachen!« sagte er und begleitete dieses Wort mit einer verächtlichen Handbewegung. »Was brauchen Sie da Angst zu haben? Ich heiße Seidenfeld. Also in gestohlene Ware?«

»Die Ware hat noch keiner gestohlen«, sagte ich bedeutungsvoll. Nun sah er mich durchdringend an. Ich fing den Blick ruhig auf.

»Ich verstehe«, sagte Seidenfeld und wieder strich seine kleine vornehme Hand durch den Bart, »ich verstehe. Jung?«

»Vielleicht achtundzwanzig.«

»Bissel alt. Kann man sagen hübsch?«

»Man kann sagen hübsch. Dick!«

»Dick? Das ist jetzt nicht der Geschmack. Höchstens bei Beller. Dort verkehren Polaken. Die haben gern dick. Also man kann ja versuchen. Bringen Sie die Maad her.«

»Zwanzig Dollars«, sagte ich. Der Einfall kam mir ganz plötzlich. Ich mußte daran verdienen, sei es auch nur einen schmierigen Dollar. Verkaufen mußte ich sie. Verkaufen. Und einen Dollar dabei verdienen. Triumphierend lächelte ich bei diesem Gedanken.

»Zwanzig Dollars!« Seidenfeld schrie auf wie ein Todwunder. »Zwanzig Dollars, wo sie jetzt einem zulaufen, was?«

Er trommelte mit seinen Fingern auf die Tischplatte. Wie ist es möglich, dachte ich, daß dieser Mensch solche kleine zarte Hände hat?

»Was wollen Sie also geben?« fragte ich.

Er wandte sich mir mit dem ganzen Gesicht zu. Ich sah, daß seine Augen ungleich waren. Das linke Auge war halb geschlossen. In ernstem Tone, dem eine energische Bewegung der rechten Hand noch Nachdruck verleihen sollte, sagte er:

»Erst muß ich die Kalle sehn!«

Da begann ich ein entsetzliches Lachen, daß ich mich schüttelte und hustete. Ich lachte und hustete durcheinander. Meine Kindheit, meine Jugend, meine Vergangenheit brach los in diesem bösen Lachen. Die Leute im Café drehten sich nach mir um. Und Seidenfeld sah mich an, als sei ich verrückt geworden.

»Hat man schon gehört? Lachen tun Sie? Kann man kaufen, ohne zu sehn? Wer hat schon gekauft, ohne zu sehn? Sie haben schon gekauft?«

»Sie haben recht«, sagte ich, noch schwer atmend. Ich mußte mir die Tränen von der Wange wischen. »Mir ist was eingefallen, Herr Seidenfeld. Gewiß, Sie sollen sie sehn.«

Ich ging gleich und holte Stasinka. Sie setzte sich an den Tisch und wir verhandelten über sie in ihrer Gegenwart. Ich sah sie oft von der Seite an. Ihre Brüste hoben und senkten sich. Aber sonst schien sie wie eine Masse leblosen Fleisches.

Seidenfeld gab mir fünf Dollars. Dann brachte ich Stasinka zu Beller. Wir saßen im Wagen und Seidenfeld saß am Bock. Ich klimperte mit Seidenfelds Dollarstücken in der Tasche.

»Stasinka«, sagte ich, »du wolltest mich nicht. Aber ich habe dich lieb und so schenke ich dir statt meiner tausend Wasserpolaken.«

Ich packte Stasinka noch einmal mit aller Wildheit an ihrer Brust, die ich seit den Knabentagen sich hebend, sich senkend, groß und schwer all die Jahre vor mir gesehen hatte.

In der schmalen, dunklen Seitengasse, in der Bellers Etablissement sich befand, stieg ich aus und ging.

Am folgenden Abend suchte ich die »Neue Welt« – so hieß das Haus, in das ich Stasinka gebracht hatte – auf. Auf mein Läuten öffnete mir ein grinsender Neger und führte mich die Treppe hinauf. Ich hörte die erstarrte Musik eines automatischen Klaviers aus dem Salon, in den ich eintrat, ohne vorher abzulegen.

Ein Geruch von Schweiß und starken Getränken schlug mir entgegen, ärger, als ich ihn aus meiner Barkellnerzeit kannte. An den Wänden standen Sofas, die in allen Farben spielten, an den Ecken kleine Tischchen. Der Raum in der Mitte war frei, wahrscheinlich zum Tanzen. Eine müde brennende Gaslampe ließ alle Dinge in einem konturenverwischenden Zwielicht erscheinen.

Einige Mädchen, etwa fünf, lungerten auf den Sofas umher. In einem Winkel saß Stasinka. Sie war mit einem Fetzen roten Seidentuches bekleidet, der ihre Brüste nahezu frei ließ. Ihr Blick war stumpf zu Boden gerichtet.

Ich setzte mich in die entgegengesetzte Ecke. Eine Jüdin mit schwarzzerfressenen Zähnen kam zu mir. Ich ließ Whisky kommen. Mir war, als dringe das Geräusch von Stasinkas gleichmäßigen Atemzügen bis zu mir. Einen Augenblick lang fühlte ich ihren Blick auf mir. Dann sah sie wieder unbeweglich vor sich hin.

Lärmend kamen einige Männer, dem Aussehen nach Hafenarbeiter. Sie ließen sich am Nebentisch nieder. Frau Beller, ein schwarzes, hageres Weib mit unerbittlichen Augen, gab den Mädchen einen Wink. Sie erhoben sich müde und setzten sich zu den Männern. Bloß Stasinka blieb an ihrem Platze.

Ich hätte das Mädchen an meinem Tische gerne gefragt, wie sich Stasinka bei ihrem Eintritt ins Haus benommen habe. Ob sie geweint, geschrien, geflucht oder geschwiegen habe. Aber ich scheute mich, mein Interesse an Stasinka offen zu zeigen.

»Eine Neue?« fragte ich mit einem kurzen Blick nach der Ecke, in der Stasinka saß.

»Eine Neue«, sagte das Mädchen. Es schien, als habe sie solch ein Ereignis wie die Aufnahme einer »Neuen« in ein Haus so oft erlebt, daß es sich ihr gar nicht verlohnte, darüber zu sprechen.

»Sie ist still.« Ich versuchte das Gespräch fortzusetzen. Das Mädchen zuckte aber bloß mit den Achseln, als wollte sie sagen: Gott, jede hat eben andere Mucken.

Ein großer Mann vom Nebentisch erhob sich und ging auf Stasinka zu. Sie saß unbeweglich, indes er zu ihr sprach. Ich weiß, sie wäre auch unbeweglich gesessen, wenn sie verstanden hätte, was der Mann zu ihr sagte.

Die Frau trat hinzu und sah Stasinka mit einem strengen Blick ihrer bösen Augen an. Stasinka erhob sich und ging, sich in den Hüften wiegend, als trüge sie die schweren Butten zum Brunnen im Garten des Siechenhauses. Der Mann folgte ihr.

Stasinkas Kopf war zur Erde geneigt und mir war, als wollte sie sagen:

»Die Frau hat es befohlen.«

Ich sprang auf und sah Stasinka nach, bis sie in der niederen Türe zu ihrem Zimmer verschwunden war. Ich blieb vor der Tür stehen. Das Mädchen, das mit mir am Tische gesessen war, trat zu mir und sagte irgend etwas, das an mein Ohr schlug, ohne daß ich es verstand. Sie schmiegte sich an mich. Ich aber schob sie von mir und eilte fort.

Ich hatte geglaubt, ich würde frohlocken, wenn ich Stasinka so tief gedemütigt haben würde. Aber von Frohlocken habe ich nichts in mir gefühlt, als ich Stasinka in ihrem Zimmer in der »Neuen Welt« verschwinden sah. Da ich die Treppe hinunterging und am grinsenden Neger vorbei, war mir, als hätte ich bloß etwas Halbes getan und als müßte ich umkehren, um Stasinka zu Tode zu prügeln. Das Stummsein ihrer lichtlosen, schweren Seele, das allem, das ich grausam über sie brachte, stumpf gehorsam war, ließ mich fürchten, daß ich in all meinem Haß wehrlos sei gegen Stasinka, die Magd.

An diesem Abend in Bellers »Neuer Welt« habe ich Stasinka zum letzten Male in meinem Leben gesehen. Tags darauf lernte ich einen Mann kennen, der mir einen Handel anbot. Die Sache schien mir gut und ich steckte mein Geld hinein. Es war eine Spekulation mit einer neuerfundenen Petroleumquelle. Die Angelegenheit nahm mich derart in Anspruch, daß ich Stasinka nicht aufsuchen konnte. Nach vierzehn Tagen verkaufte ich mit einem Gewinn von zwölftausend Dollars meinen Anteil, was mein Glück war, da sich später herausstellte, daß die Quelle gar nicht existiere.

Jetzt erst kam ich dazu, Bellers Etablissement zu besuchen. Zu meinem Staunen war Stasinka nicht mehr da.

Ich fragte Beller nach ihr. Das war ein dicker blonder Mensch mit kleinen Augen und einer dicken und einer mageren Wange. Die Nase stand ihm schief aus dem Gesicht. Er sagte mir, sie habe einen

Posten in einer Kleinstadt gefunden. Sie passe dort auch sicherlich besser hin. Er nannte mir einen kleinen Ort im Westen.

Ich zweifelte keinen Augenblick daran, daß ich Stasinka nachreisen müsse. In dem Ort, den mir Beller genannt hatte, war sie nicht mehr. Ihre Spur führte in ein Nachbarstädtchen, von dort in ein zweites, ebenfalls ohne Erfolg. So suchte ich Stasinka vergeblich durch etwa vier Wochen. Dann gab ich die Hoffnung auf und ging nach Francisco.

In Francisco bot sich mir Gelegenheit, mich an einer kleinen Ofenröhrenfabrik zu beteiligen. Ich steckte mein Geld hinein und legte damit den Grundstein zu meinem heutigen Reichtum. Die Fabrik gedieh, jährlich konnten wir sie in irgend einer Weise vergrößern. Dazu kamen glückliche Spekulationen und nicht zuletzt die Beharrlichkeit, mit der ich es verstand, die Stellung meines Kompagnons zu untergraben, der endlich darauf eingehen mußte, eine verhältnismäßig kleine Geldsumme als Abfindung anzunehmen und das Unternehmen mir zu überlassen.

Jährlich einmal ließ ich in die Zeitungen eine Notiz einschalten, durch die ich Stasinka aufforderte, sich bei mir zu melden. Ich erhielt niemals eine Antwort. Trotzdem gab ich keineswegs die Hoffnung auf, ihr noch einmal zu begegnen. Mir schien, als sei sie mir etwas schuldig geblieben, und als habe ich das Recht, vom Schicksal die Begleichung dieser Schuld zu verlangen.

Ich hatte Macht und Gold und war Gebieter über viele. In meiner Fabrik mühten sich Tausende, Männer, Frauen, Kinder, für mich. Ich war ein harter und unbarmherziger Herr gegen alle, die in meiner Macht waren. Stasinka aber hatte sich meiner Macht entzogen.

Mein fester Glaube, noch einmal Stasinka zu begegnen, sollte getäuscht werden. Allerdings hörte ich noch einmal von ihr, aber anders, als ich gedacht hatte.

Ich saß in meinem Bureau, als der Diener mir eine Frau meldete, die sich, trotzdem ich zu dieser Stunde nicht empfing, nicht abweisen lassen wollte. Ich ließ die Frau eintreten. Es war ein etwa vierzigjähriges Weib aus dem Volke mit einer lose über den Rock hängenden blauen Bluse bekleidet, plump, mit zahnlosem Mund. Auf den Armen trug sie einen etwa zweijährigen Knaben.

Auf die Frage, was sie wünsche, erzählte sie mir, sie sei Hebamme in einem Orte nahe der Küste. Eine Frau habe vor etwa zwei Jahren bei ihr entbunden und ihr den Auftrag erteilt, den Knaben, den sie geboren habe, aufzuziehen und ihn, wenn er so weit sei, die Beschwerden einer Reise nach Francisco zu überstehen, mir zu überbringen. Die Frau sei im Wochenbette an heftigem Fieber gestorben und sie, die Hebamme, entledige sich des Versprechens, das sie der Sterbenden gegeben habe, indem sie mir den Knaben überbringe.

»Die Frau ist gestorben?« fragte ich. Für mich war kein Zweifel, daß der Knabe Stasinkas Kind sei.

Die Frau bejahte meine Frage.

»Sie lügen!« rief ich.

Die Frau zog den Totenschein aus der Tasche und einige Dokumente, aus denen ich ersehen sollte, daß ich nicht betrogen würde. Ein Arbeitsbuch Stasinkas, in dem die treuen Dienste, die sie dem Siechenhaus als Magd geleistet hatte, bestätigt waren, ihre Schiffskarte und das Zeugnis über ihre Tätigkeit bei Beller.

Es war kein Zweifel möglich. Stasinka war tot.

Ich fühlte ihr Sterben nicht anders als einen Betrug an meinem Rechte, einmal über sie herrschen zu können; seit den Knabentagen, seit den Tagen und Nächten im Siechenhause, in dem meine Kindheit gefangen gewesen war, war dieser Wunsch nicht erloschen.

Stasinka war aber vor mir aus dem Leben geflohen.

Nun stand ich da mit Macht und Gold, aber Stasinka, um die ich Macht gewollt hatte, war tot.

Ich läutete dem Diener.

»Führen Sie die Frau zur Kasse. Lassen Sie ihr zweihundert Dollars zahlen.« Mein Blick fiel auf den Knaben. »Das Kind bleibt da.«

Die Frau ging. Ich trat auf den Knaben zu, der auf dem Tisch lag. Er wich vor mir zurück und schrie. Er fürchtete sich vor mir. Ich glaubte, in seinen Augen Stasinkas stummen Tierblick wiederzusehen. Umbringen, dachte ich, umbringen! Ich suchte nach einem

Instrumente. Eine Papierschere fiel mir in die Hände. Ich ging auf das Kind zu. Es hatte aufgehört zu schreien und sah mich starr an.

Ich wandte mich ab. Ich ließ den Diener mit der Frau zurückkommen.

»Haben Sie einen Monat Zeit?« fragte ich. »Ich liebe dieses Kind. Ich will seine Erziehung sichern. Sie werden gut bezahlt werden«, sagte ich. Dann setzte ich mich und schrieb diesen Brief. Er war an den Bürgermeister meines Heimatsortes gerichtet.

»Verehrter Herr!

Ein Zufall hat das Geschick eines unglücklichen Findelkindes in meine Hände gelegt und mich sozusagen vor Gott für die Zukunft dieses Kindes, eines zweijährigen Knaben, verantwortlich gemacht. Ich bin unverheiratet und müßte das Kind fremden Leuten zur Erziehung anvertrauen. Selbst unter der Aufsicht Fremder aufgewachsen, kann ich mir die Entwicklung eines Kindes wohl vorstellen, welches nicht das liebevolle Bemühen um sich findet, das ich als Knabe im Siechenhause Ihrer Stadt zu finden so glücklich war. Damals wurden die Grundlagen in mir gelegt, die mich befähigten, im Leben meinen Mann zu stellen und jene angesehene Stellung zu erlangen, die ich jetzt einnehme. Das Beisammensein mit würdigen Greisen hat mich jung den Ernst des Lebens verstehen gelehrt und das Bild des Wohltäters im Speisesaal hat mir täglich einen Mann gezeigt, der im Reichtum der Armen nicht vergaß.

Hier nun bietet sich mir unverhofft die Möglichkeit, für einen Knaben zu sorgen und zugleich meiner Vaterstadt für meine schöne Jugend mich dankbar zu zeigen. Ich überweise ihnen heute noch 30 000 (dreißigtausend) Dollars mit der Bestimmung, sie mögen zur Errichtung eines weiteren Freiplatzes für Knaben im Siechenhause verwendet werden, dessen erster Nutznießer der Knabe, den Ihnen die Überreicherin dieses Briefes vorstellt, sein soll. Diese Stiftung folgt sonst in allen Bestimmungen den Satzungen des Waisenhauses. Ich bitte bloß, daß irgendwo im Saale des Siechenhauses auch mein Bild angebracht wird. Ich übersende es heute zugleich mit dem Gelde. Noch ein Gedanke drängt sich mir, da ich den Brief bereits schließen will, auf. Ich bin ein reicher Mann. Wäre ich es geworden, wenn ich nicht in meiner Jugend im Siechenhause zur Einfachheit und Arbeitsfreude erzogen worden wäre? Soll ich nun den Knaben, den der Zufall mich finden ließ, in Luxus und Reichtum erziehen, oder soll ich nicht vielmehr ihm dieselbe Grundlage geben, die ich selbst erhalten habe? Ich kenne dieses Kind kaum und schon liebe ich es. Darum will ich, daß es wie ich das Glück einer einfachen Jugend im Siechenhause meiner Heimat genieße.

Ich fertigte den Brief, schloß ihn und übergab ihn der Frau. Dann versah ich sie mit Geld und schickte sie mit dem Knaben nach Europa. Langsam begann ich mich damit abzufinden, daß Stasinka tot sei. Sie hatte mir ihren Knaben hinterlassen. In ihm noch vermochte ich, die tote Stasinka zu stürzen. In ihm ließ ich mein Leben sich neuerlich wiederholen. Er sollte meine Jugend erleiden. Stasinka ward nach dem Tode zerbrochen in ihrem Kinde.

Einige Wochen nach der Abreise der Hebamme erhielt ich einen Brief aus meinem Heimatsorte, in dem der Bürgermeister mich daran erinnerte, daß er es gewesen sei, der als damaliger Verwalter des Siechenhauses von mir Abschied genommen habe. Er freue sich, als Greis zu vernehmen, welchen Aufstieg der Knabe aus dem Siechenhause genommen habe, wenngleich er nie daran gezweifelt habe, da er stets der Überzeugung gewesen sei, die er nun von neuem bestätigt finde, daß Arbeitswille und Ehrlichkeit zu Erfolg führen. Dann dankte er mir ausführlich für meine edle Stiftung.

Jahre vergingen, in denen ich in der Tätigkeit in der Fabrik aufging. Alles andere hatte gänzlich für mich aufgehört. Ich hatte nun kein Interesse mehr auf der Welt als die Vergrößerung des Unternehmens. Macht um ihrer selbst willen. Den Arbeitern gegenüber blieb ich unnachsichtig. Bei einem Streik verschrieb ich mir Kulis als Streikbrecher. Seither bin ich einer der gehaßtesten Unternehmer in Francisco geblieben.

Ich wurde fünfzig Jahre alt und stand herrisch, stolz auf mein Werk, aber einsam da. Ich hatte keinen Freund und kein Weib. Dafür hatte ich Geld und Feinde.

Es würde zu weit führen und vom eigentlichen Zweck dieser Erzählung entfernen, wollte ich diese Zeit meines Lebens näher beschreiben. Zudem denke ich, daß das, was ich davon erwähnt habe, in Verbindung mit dem über meinen ganzen Werdegang Gesagten, genügen werde, ein klares Bild von mir zu geben.

Manchmal kam mir die Erinnerung an Stasinka und Zorn stieg in mir auf. Dann dachte ich an den heranwachsenden Knaben, in dem ich sie doch noch besiegte.

So bin ich an die Wende meines Lebens gekommen.

Ich bekam einen Brief:

Verehrter Wohltäter!

An dem Tage, an dem ich das Haus wehmütigen Herzens verlasse, in dem ich durch Ihre Güte auferzogen zu werden das Glück hatte, gebietet mir unwiderstehlich mein Herz, Ihnen meinen Dank zu sagen. Durch Ihre Güte haben Sie einem unschuldigen Kinde die Möglichkeit geboten, die Fähigkeit seiner Seele zu entwickeln und das Gute, das das Schicksal in seine Brust gesenkt hat, zu erwecken und zu vermehren.

Nun verlasse ich das Siechenhaus, in dem ich eine gesicherte Jugend verbracht habe, und werde mit Hilfe guter Menschen ein Lehrerseminar in der Stadt besuchen. Denn wie Sie, verehrter Wohltäter, drängt es mich, an unschuldigen Kindern Gott mich dankbar zu zeigen dafür, daß er auch mir, einem unschuldigen Kinde, seinen Wohltäter gesandt hat, so wie es Sie gedrängt haben mag, mich zu erretten aus Dankbarkeit gegen Ihr eigenes Geschick. Nur stehen mir nicht die Mittel zur Verfügung, in derselben Art dankbar zu sein wie Sie. Und mein bescheidenes Wollen strebt nicht, Reichtum zu erwerben, vielmehr sich in Ruhe und Einfachheit dem Guten zu ergeben. So habe ich beschlossen, Lehrer zu werden, und ich weiß, daß auch Sie diesen Wunsch gutheißen werden.

Ich versichere Ihnen, daß Ihr Bild nichts Schlechtes in meiner Seele gesehen hat. Stets habe ich Ihre Augen wie die des Stifters meines »Vaterhauses« zum Rechten ermunternd auf mich gerichtet gefühlt. Demütigen Herzens, zufrieden mit dem bescheidenen Los, zu dem mich die Fügung der Dinge bestimmt hat, verlasse ich die Stätte meiner Jugend, verlasse ich die Greise, denen hilfreich sein zu dürfen, mein Herz mit tiefem Glück erfüllt hat.

Verehrter Wohltäter, ich weiß, Sie bedürfen keines Dankes. Was Sie an dem Findelkinde, das seine Eltern nicht kennt, getan haben, haben Sie an seiner armen Mutter getan. In dem Kinde, in dem sich, wie ich weiß, die Seele der Verstorbenen wiederholt, haben Sie das Leben einer sicherlich Unglücklichen, die gewiß viel Schweres und, da sie meine Mutter war, wohl auch geduldig ertrug, nach dem Tode beglückt. Und Sie sind reich in dem Bewußtsein: Ich habe eine gute Tat getan!

Sie sollen den Namen, den mir das Siechenhaus gegeben hat, nicht kennen, damit Sie nicht meinen, mich mit Geld unterstützen zu müssen. Forschen Sie auch nicht nach ihm! Ich bin zufrieden mit meinem Los und weiß mir kein besseres.

Der Knabe, an dem Sie Gutes getan haben.

Ich ließ den Brief zu Boden sinken und sah lange starr vor mich hin. Erinnerungen und der Ton dieses Briefes bestürzten mich. Ich sah Stasinkas Knaben vor mir und hörte ihn sagen: Sie haben eine gute Tat getan.

Eine schrille Glocke weckte mich. Automatisch folgte ich ihr in die Räume der Fabrik. Ich ging durch die langen Maschinensäle im schmalen Gang zwischen den Reihen der glänzenden, ewig sich drehenden Räder. Wie von ferne hörte ich das Getöse der Arbeit.

Am Ende des letzten Saales, in dem die Erzeugnisse meiner Fabrik zum Verladen fertiggemacht wurden, erwartete mich der Direktor. Er führte mich zum eben fertiggewordenen neuesten Modell und begann, mir über die Vorzüge desselben an Hand von Notizen und des groß und glänzend vor uns stehenden Apparates zu berichten.

Ich hörte sein Worte, ohne sie zu verstehen. Während seines Vortrages noch wandte ich mich um und ging.

In meinem Arbeitszimmer las ich von neuem den Brief des Knaben, an dem ich Gutes getan hatte. Mich wunderte, daß ich nicht zornig wurde. Wollte ich ihm nicht Böses tun? Wollte ich ihn nicht Leid erdulden lassen? Und Stasinka in ihm? Aber der Knabe stand da vor mir und sprach: in mir hast du meine Mutter nach dem Tode beglückt.

So hatte sich der Knabe wie Stasinka meiner Macht entwunden. Deutlich, wie lange nicht mehr, stand Stasinka vor mir und ich sah ihren ergebenen stummen Blick: die Frau hat es befohlen. Mir aber geschah, was mir, soweit ich denke, nicht geschehen war. Mit einem Male rannen mir Tränen über die Wangen.

Ich weinte. Meine Kindheit ward wieder wach und ich sah sie gedrängt in einem einzigen Bilde vor meinen Augen. Ich sah das Siechenhaus und die Armut meiner Jugend und sah Haß und Ekel vor Armut, die mit mir wuchsen. Ich sah mich als Fabriksherrn, vor dem die Schar der Arbeiter zitterte, die ich haßte, weil sie arm waren, und die ich verachtete, weil sie ohne Macht waren. Ich sah Stasinka, die gehaßt war, die schuldlose, die meine Macht hingehen ließ, als fühle sie sie nicht. Ich sah den Knaben, den ich haßte, weil er ein Kind war, weil er mir ausgeliefert war, weil er Stasinkas fromme Augen hatte, den ich leiden lassen wollte und böse machen, bloß daß alle Einfalt der Seele, alle Stummheit gehorchender Herzen, die Mutter Stasinka aus ihm, ins Widerspiel verzerrt, lache und sich selbst besudle.

Und nun: Kinderhände greifen an die Wurzeln meiner Seele und ich weine um gütige Umarmung.

Ich wollte ein Kind, es aussetzend einem Schicksal gleich dem meinen, heranwachsen lassen, damit es werde wie... ich, der Mächtige? Sollte das Wahnwitz des Hasses sein, das, was ich vernichten wollte, mir gleich werden lassen zu wollen? Ahnte ich, ohne es zu erkennen, daß mein Leben, so reich an Macht, glücklos und arm sei, weil der Haß es einsam machte, weil Feinde es umstellten, Kälte, Fremdsein? Und jetzt wußte ich, daß auch mein Leben nach Wärme und Güte gerufen hatte, weil ich nicht ärger und härter hassen und töten zu können glaubte, als indem ich Stasinkas Kind mein eigenes Leben leben ließ. Doch das Kind ist demütig geworden und gut. Und seine Güte ruft zu mir.

Ich weinte um den Haß, den ich gesät hatte zu Vernichtung und den in seinem Ende das Schicksal gewandelt hatte.

Tränen wuschen den Haß aus meiner Seele. Mir ward, als leuchte mildes Licht in mir.

Im Lichte der guten Liebe sah ich Stasinka, die stumme Kreatur des Herrn. Sie ist eine Gehorchende gewesen, eine Fromme. Ich aber war das Element, das in ein in Gott geschlossenes Leben gedrungen ist, das Wesen des Demütigen zu zerstören, weil Haß Feind ist. Doch die gute Liebe wurde nicht zerstört und war stärker als das Böse.

Sie spricht vom Knaben zu mir und antwortet ihm aus mir.

Stasinka wurde getötet. Aber nach dem Tode wurde sie beglückt. Güte und Demut sind so groß, daß auch das Herz des bösen Mörders den Strahl des Glückes fühlt.

Ich öffnete das Fenster. Vor mir war Francisco, räderdurchwühlt, menschengedrängt, pfeifend, schnaubend, rasend. Und im Westen sah ich das Meer. Aber über Francisco und die Gier und den Haß seiner Menschen und über das Meer und über Tausende Städte voll Kampf und Feindschaft hinweg war eine Brücke von einem armen Knaben zu mir.

Ich beuge mich aus dem Fenster. Ich will näher sein, Gott, ich will näher sein! – Die Straße ist laut. Menschen treiben aneinander vorbei und sie einander nicht.

Irgendwo, denke ich, ist ein Mord geschehen. Wieder hat man Stasinka erschlagen. Ich aber bin nicht mehr allein.

O über mich, daß ein Geschöpf mich liebt...

Geschichte eines Mordes

Ich weiß nicht, ob meine Abneigung gegen bucklige Menschen die Folge meiner tiefen Abneigung gegen den buckligen Friseur in unserer Stadt gewesen ist oder ob, umgekehrt, meine ursprüngliche Abneigung gegen Verwachsene sich in diesem Menschen bestätigt hat. Mir will scheinen, daß ich von jeher einen unüberwindlichen Widerwillen gegen alles von Gott mit Höcker, Geschwür, Aussatz, Flechten und ähnlichem Makel Gezeichnete empfunden habe, ja, im Grunde sogar gegen alles Schwache und Zarte, selbst gegen Tiere, soweit sie eben von Natur aus nicht mit Stärke und Kraft versehen waren.

Nach diesem könnte man annehmen, daß ich selbst immer ein kräftiger und gesundheitsstrotzender Mensch gewesen bin. Ich möchte nun gleich erklären, daß gerade das Gegenteil davon wahr ist. Ich war so schwächlich, daß ich aus der Kadettenschule, in die ich durch Inanspruchnahme aller Beziehungen meines Vaters endlich aufgenommen wurde, bereits nach etwa einem halben Jahre ausscheiden mußte. Ich war immer klein, mager, schmal, mein Gesicht war stets bleich wie Wachs, meine Schultern waren so hoch, daß ich den Eindruck leichter Verwachsenheit hervorrufen konnte, um die Augen hatte ich stets dunkelblaue Ringe, meine Gelenke und meine Knochen waren immer und sind noch heute zart. Wundert man sich, daß ich trotzdem alles Schwache haßte? Ist es nicht vielmehr wahr, daß man nichts so aus der Tiefe seines Herzens hassen kann und verachten als sich selbst oder sein Spiegelbild?

Ich werde die Geschichte einer Tat erzählen, die die Geschichte meiner Jugend ist. Meine Knabenjahre sind nicht von Liebe umgeben gewesen wie die anderer Menschen. Niemand war je gütig zu mir. Bloß einmal hat ein Mensch wie zu einem Menschen zu mir gesprochen, wenn auch nur in einem Brief. Ich werde erzählen, wie ich an diesem Menschen gehandelt habe. Meine Richter waren erbarmungslos zu mir und selbst mein Anwalt nannte mich einen durch das Elend äußerer Umstände, durch Abstammung von einem moralisch minderwertigen Vater selbst moralisch minderwertigen und verhärteten Menschen. Die Richter verurteilten mich zu zwanzigjähriger schwerer Kerkerstrafe, der höchsten Strafe, die sie bei meinem Alter über mich verhängen konnten. Damals war ich siebzehn Jahre alt. Nun bin ich einunddreißig.

Ich bin nicht unglücklich in diesem Haus und nicht ungeduldig. Ich freue mich der Strenge meiner Aufseher, ich freue mich des Zwanges zu Regelmäßigkeit in Schlaf, Arbeit, Spaziergang, dem ich unterworfen bin. Ich liebe solch ein Leben und manchmal ist mir, als sei ich nicht Sträfling, sondern Soldat, ein einfacher gehorchender Soldat, was ich gerne geworden wäre. Ich liebe es, zu gehorchen.

In sechs Jahren werde ich dieses Haus verlassen. Man sagt, daß in der Regel die Menschen, die nach Jahren, Jahrzehnten der Gefangenschaft aus dem Kerker gehen, nicht als brauchbare Glieder in die Gesellschaft der Menschen zurückkehren. Allein ich glaube, ich werde den Kerker nicht gebrochen verlassen. Ruhig werde ich über die Schwelle dieses Hauses gehen und nicht, um eine lang entbehrte Freiheit ungebunden bis zur Neige zu genießen. Ich werde einen Dienst nehmen, eine Arbeit. Hier habe ich das Drechslerhandwerk gelernt und so viel Geschick gezeigt, daß sogar der Direktor des Hauses manchen Gegenstand für seinen eigenen Gebrauch von mir anfertigen ließ. Ich hoffe, mich mit dieser Fertigkeit ernähren zu können, wenn meine Strafe um sein wird.

Ich habe gesagt, daß mir hier manchmal ist, als sei ich Soldat. Nun will ich hinzufügen, daß dieses Wort nicht ganz das und nicht alles, was ich hier fühle, umfaßt. Wenn ich abends in meiner Zelle sitze und zu dem kleinen vergitterten Fenster hinaufsehe, scheint es mir oft, als sei ich nicht Sträfling, sondern Mönch. Ein kleiner, unbekannter, stiller Mönch, ein einfältiger Mönch, mit dem sein Oberer zufrieden ist, und ich lächle und bisweilen falte ich über den Knien meine Hände. Nein, es ist so gar nicht Sehnsucht nach der Welt in mir, nur Geduld, Ruhe, Zufriedenheit. Wenn mich meine Richter, der Anwalt und die Frauen, die bei meinem Prozesse Zuhörerinnen waren, so sähen, gewiß würden sie wieder sagen, ich sei ein verhärteter, verstockter und moralisch minderwertiger Mensch. Ich sitze da und lächle. Ein Mörder! Und sitze da und lächle wie ein zufriedener frommer Mönch.

Bin ich wirklich ein Mörder? Ich habe einen Menschen getötet. Aber mir ist, als habe ich sie gar nicht selbst getan, so fern, so fremd ist mir diese Tat. Mir ist sie wie eine klösterliche Geißelung, die ich einmal über mich, nicht über den Ermordeten, verhängt habe. Als sei die Narbe noch auf meinem Rücken. Doch verheilt. Noch koste ich die Erinnerung an diese Geißelung meines Fleisches und freue mich ihrer, da ich kein Instrument in meiner armen Zelle habe, den durch Askese abgehärmten Körper von neuem zu strafen, nicht aus Haß, nicht aus Rache zu strafen, nicht um die Lust der Sinne aus ihm zu jagen, aus einem Gefühl vielmehr, das ich nicht klar umschreiben kann: ich nenne es Gehorsam.

Aber ich will nicht mich in Betrachtungen über mein derzeitiges Leben verlieren, vielmehr so kurz, wie ich es vermag, die Geschichte meines Lebens mitteilen. Ich war erst siebzehn Jahre alt, als es geschah, und hatte nicht viel gesehen und erlebt, da ich, abgesehen von meiner kurzen Kadettenzeit, nicht aus der kleinen Stadt herausgekommen war, in die, wenige Jahre nach meiner Geburt, nach seinem Abschied und nach dem Tode meiner Mutter, mein Vater mit mir übersiedelte. In einem einstöckigen schmalen Hause, das am unteren Ende des etwas ansteigenden Marktplatzes neben der Kirche lag und dessen erstes Stockwerk ich mit meinem Vater bewohnte, wuchs ich auf.

Ich habe meinen Vater so deutlich in Erinnerung, als stünde er lebend vor mir. Wenn auch unmittelbar vor dem Ereignis sein Äußeres verfiel, hatte er selbst da noch die aufrechte soldatische Haltung des Oberkörpers, trug noch immer den schwarzen, langen, nun nicht mehr ganz sauberen Rock hoch geschlossen. Ich weiß, daß früher täglich meines Vaters erster Weg in die Rasierstube führte, wo er sich das Kinn sauber ausrasieren, den Backenbart frisieren und den Schnurrbart einbinden ließ trotz unserer ärmlichen Verhältnisse, die meinen Vater sicherlich stark bedrückten.

Im Orte nannte man ihn nicht anders als den General. Dieser Name wurde ihm anfangs gewiß beigelegt, um den alten Herrn mit den soldatischen Allüren zu verspotten. Später bürgerte sich dieser Name für meinen Vater so ein, daß niemand ihn anders ansprach, gleichsam als gebühre meinem Vater dieser Titel. In der ersten Zeit wohl mochte mein Vater dies als Verhöhnung empfunden haben, doch da er bemerkte, daß die Leute – vielleicht bloß, um nachher um so herzlicher über ihn lachen zu können – ernst blieben, begann er wohl, sich geschmeichelt zu fühlen, und es ist möglich, daß er zuletzt selbst an seinen Rang geglaubt hat. Jedenfalls hätte es ihn dann auf das tiefste beleidigt, wenn ihm jemand diesen Titel verweigert hätte. In Wirklichkeit war mein Vater niemals General gewesen, hätte es auch nicht werden können, da er gar nicht Offizier, sondern Militärarzt gewesen war und als Oberstabsarzt den Dienst quittiert hatte. Dazu war er nicht durch Alter oder Krankheit gezwungen gewesen, sondern durch den Umstand, daß man ihn auf Unregelmäßigkeiten in der Verwaltung der ihm in seiner Eigenschaft als Kommandanten eines großen Militärkrankenhauses anvertrauten Gelder gekommen war. Wohl gelang es meinem Vater mit Hilfe eines Verwandten meiner Mutter, die fehlenden Beträge zu ersetzen und die Sache soweit zu vertuschen, daß es zu keiner Untersuchung kam. Trotzdem blieb ihm nichts anderes übrig, als um seine Pensionierung einzureichen.

Meine Mutter, die schon seit Jahren leidend war, scheinen diese Aufregungen so angegriffen zu haben, daß sie starb. Mein Vater entschloß sich, die Stadt, in der er zuletzt Dienst gemacht hatte, zu verlassen und in den kleinen Ort zu übersiedeln, in dem er als Sohn eines Beamten geboren worden war. Zu dieser Übersiedlung mochte ihn ebenso der Wunsch, dem Aufsehen, das sein plötzlicher Abschied machen mußte, aus dem Wege zu gehen, wie die Notwendigkeit größter Einschränkung der Lebenshaltung veranlaßt haben. Seine Pension war gering und zudem mußte er noch von dieser Summe monatlich einen ansehnlichen Teil als Abschlagszahlung dem Verwandten überweisen, der es ihm durch ein verhältnismäßig großes Darlehen ermöglicht hatte, die von ihm verwalteten Beträge in Ordnung zu übergeben.

Wir bewohnten in dem schmalen, dunklen Hause neben der Kirche eine Wohnung, die aus Küche und zwei Zimmern bestand. Zuerst hielten wir ein Mädchen, das die notwendigen Arbeiten verrichtete und unsere Mahlzeiten zubereitete. Doch ward mein Vater des Speisens und des Aufenthaltes in unseren dunklen und ärmlich eingerichteten Zimmern bald überdrüssig und begann im Gasthaus seine Mahlzeiten einzunehmen. In der Folge wurde das Mädchen entlassen. Eine Aufwartefrau kam nun täglich morgens, die Betten in Ordnung zu bringen sowie Kleider und Schuhe zu putzen. Ich erhielt meine Mahlzeiten in der Küche des Gasthauses verabreicht, indes mein Vater immer mehr sich an den Aufenthalt in der Gaststube gewöhnte. Zu Hause war es einsam, die Malerei der Wände war alt und schadhaft, auf Schränken und Kästen lag der Staub in dicken Schichten, alles machte einen so verwahrlosten Eindruck, daß auch ich lieber auf der finsteren Holztreppe saß als in der Wohnung.

Von frühester Jugend an mied ich jeden Verkehr. Nach Schluß der Schulstunden ging ich nicht mit meinen Kameraden nach Hause und niemals spielte ich mit ihnen. Da ich kein Hehl daraus machte, daß ich Soldat, Offizier werden wollte, nannten sie mich hänselnd den kleinen Soldaten. Ich beachtete ihre Hänseleien nicht, und meine Mitschüler nannten mich stolz. Nur einmal habe ich mich mit einem Schulkameraden in einen Raufhandel eingelassen, in dem ich als der Schwächere naturgemäß unterlag, zumal alle anderen Kameraden gegen mich Partei nahmen. Das war, als mich einer der Jungen höhnisch lachend fragte, weswegen ich eigentlich so stolz sei, ob etwa deswegen, weil mein Vater es bis zum General gebracht habe.

War ich damals stolz? Nun weiß ich, daß ich bloß unglücklich war. Der Makel auf meinem Vater, der den Soldatenrock so wenig ehrenvoll hatte ausziehen müssen und der nun, alt und grau, eine so lächerliche Rolle in der Stadt spielte, stieß mich von allem zurück, erfüllte mich mit tiefer Bitterkeit und machte mich einsam. Ich habe diesen alten Mann geliebt, der immer tiefer sich verlor und dessen würdiges und Ehrfurcht vor seinem Range heischendes Auftreten ihn um so lächerlicher machte, je tiefer er sank. Ich weiß nicht, ob er sich seiner Wirkung jemals bewußt wurde, ob er ahnte, daß die Menschen ihm seine Haltung und seine Erzählungen nicht glaubten, ob er wußte, daß sie heimlich über ihn lächelten, wenn sie tief den Hut vor ihm zogen und ihn mit »Herr General« anredeten, oder ob er etwa, dies alles durchschauend, die schmerzliche Tragik eines Schicksals auf sich nahm, unter dessen Maske vielleicht allein ihm das Leben noch möglich war. Ich weiß es nicht. Mir ist, als fürchtete er mich, der ich als einziger ihn so ganz durchschaute. Voll Grauen erinnere ich mich – und diese Erinnerungen gehören zu den schwersten meiner Jugend – erinnere ich mich der seltenen Stunden, in denen ich mit meinem Vater allein war. Meist schlief ich oder ich tat, als schliefe ich, wenn er spät abends unsicheren Schrittes heimkehrte, ängstlich behutsam auftretend, um mich nicht zu wecken. Wenn er aber manchmal nicht aus dem Hause konnte, weil die Gicht ihn peinigte, saßen wir beisammen. Sein Blick verbarg sich vor dem meinen. Er sprach kein Wort, der sonst nicht müde wurde zu erzählen. Die Würde war aus dem Gesicht verschwunden, das nur Furcht ausdrückte und hilflose Unsicherheit. Es war, als sei sein Herz voll entsetzlicher Angst, ich, der ich alles wisse, könne den Mund öffnen und sprechen. Sprach er mit jemandem auf der Straße mit seiner lauten, weit vernehmbaren Stimme und ich, der Sohn, kam in die Nähe, verstummte er und blickte scheu zu Boden. Und bei dem allen fühlte ich, daß die Scheu vor mir in meinem Vater sich in Feindschaft gegen mich verwandelte, der ich sein Mitwisser war, nicht der Mitwisser der Gründe seines Abschieds – die kannte die ganze Stadt –, sondern der einzige Mensch, dessen Blick ihm verriet, daß er wisse, wie wenig er, der »General« selbst, an seine traurige Rolle glaube, die er so stolz und so erheiternd spielte. Später, als mein Vater vielleicht wirklich sich in das Spiel, das man ihm aufgezwungen, eingelebt hatte, daß er, der kaum noch nüchtern war, das Martyrium einer ursprünglich bewußten Verstellung schon für Wirklichkeit nahm, war er mein Feind und blieb es. Seine Scheu vor mir wich da wohl, damit aber auch die Schranke, die seiner Feindschaft im Wege gewesen war, und er ward hart gegen mich und schonte mich nicht.

Ich glaube, daß an der Entwicklung des Verhältnisses meines Vaters zu mir nicht zuletzt auch der bucklige Friseur Josef Haschek Schuld getragen hat. Immer, wenn ich an diese Zeit meines Lebens, an die Zeit vor dem Verbrechen überhaupt zurückdenke, steht Josef Hascheks Gestalt vor mir, und gewiß war auch dies der Grund, daß ich, der ich nicht geübt bin in der schriftlichen Darstellung von Ereignissen, von diesem Menschen ausging, als ich diese Niederschrift begann. Der häßliche, bucklige Mensch, dessen lange Arme fast bis zu den Knien herabhingen, ist mir wie das Sinnbild dieser häßlichen, einsamen und unglücklichen Zeit.

Josef Hascheks Oberkörper hatte die Form eines nach oben etwas abgeflachten, auf der Spitze stehenden Würfels. Sowohl aus der Brust wie aus dem Rücken ragte je eine Ecke dieses Würfels weit heraus. Ohne Hals saß der Kopf, der beim Gehen ganz eigentümlich schaukelte, in den Schultern. Ich erinnere mich in diesem Zusammenhange einer Uhr, die im Laden eines Uhrmachers auf dem Marktplatz im Fenster hing und von uns Kindern angestaunt wurde. Es war eine Pendeluhr, die an ihrem oberen Rand einen Mohrenkopf mit beweglichen Augen trug. Dieser Kopf war wohl mit dem Pendel verbunden und wurde von diesem in gleichmäßige Bewegung gesetzt. Auch saß er nicht etwa auf einem Hals, sondern ragte kaum mit dem Kinn hervor, ein Umstand, der den Bewegungen dieses Kopfes, wie mich dünkt, etwas Grauenvoll-Komisches gab und es mit sich brachte, daß ich mich seiner bei der Schilderung von des Friseurs schaukelndem Kopf erinnere.

Ich weiß nicht, wodurch es dem Friseur Haschek gelang, zuerst das Vertrauen meines Vaters zu erringen, immer größeren Einfluß auf ihn zu gewinnen, ja ihn endlich völlig zu beherrschen. In meinem Prozeß ist Haschek als einer der Hauptzeugen aufgetreten und nicht zuletzt ihm ist es zuzuschreiben, daß die Herzen meiner Richter sich gegen mich verhärteten und daß ich vor ihnen stand als ein keiner sittlichen Regung fähiges Geschöpf. Alles, was mich in den Augen derjenigen, die über mich urteilen sollten, verwerflich erscheinen lassen konnte, trug er ihnen vor und er erreichte seinen Zweck. Er war mein Feind, seit ich denke.

Ich habe berichtet, wie widerwärtig mir stets alles Schwache, Kranke und Bresthafte gewesen ist. Es mag sein, daß der Friseur meine Abneigung dunkel fühlte und daß dies zuerst Regungen des Hasses gegen mich in ihm weckte. Hierzu mag gekommen sein, daß er die stille Ablehnung bemerkte, die ich für die Entwicklung der immer innigeren Freundschaft zwischen ihm und meinem Vater zeigte. Gewiß hat auch er, wie alle anderen, mein Schweigen, meine trotzige Einsamkeit, die die Folgen meines Unglückes waren, als Stolz gedeutet, und es mag diesen häßlichen Menschen gekränkt haben, daß ich mich nicht zu ihm setzte, mit ihm zu sprechen und seinem Geschwätz zuzuhören. Vielleicht fühlte er, daß ich diesen Umgang meines Vaters als seine tiefste Erniedrigung empfand. Denn solche Menschen pflegen zu sein wie ein Mörder auf der Flucht, der ein trockenes Blatt vom Baume fallen hört und erschrickt. Solche Menschen, sage ich, und ich muß befürchten, daß man mich nicht versteht. Habe ich doch bisher nur gesagt, daß der Friseur bucklig, schwach und häßlich gewesen ist und daß sein Kopf beim Gehen sonderbar in den Schultern schaukelte.

Solche Menschen sind gewalttätig, herrisch, schonungslos und grausam gegen alles, was schwächer ist als sie und in ihre Macht kommt. Solche Menschen, solche häßliche, verwachsene und schwache Menschen sind unterwürfig und demütig gegen alles, was stärker ist als sie. Aber sie hassen es und sie wissen es zu vernichten, wenn es sich eine Blöße gibt oder in ihre Gewalt fällt. Solche Menschen sind klug. Sie sind klüger als die Starken, Gesunden, Geradegewachsenen. Sie lachen über die Ruhe dieser Gesunden, die ihrer guten Verdauung entspringt, sie verhöhnen im Innern ihren aufrechten Gang, die Würde, in der sie einherschreiten, das Produkt ihrer Mittelmäßigkeit. Aber ihre Klugheit hebt solche Menschen nicht über diese Mittelmäßigen, Gesunden. Ihr Lachen ist nicht erkennende Ironie, es ist eine verwundende Waffe, deren Schärfe sich nach innen kehrt und schmerzend das eigene Fleisch stachelt. Solche Menschen leben unter dem Drucke einer beständigen Furcht, wie der Verbrecher auf der Flucht, denn haben sie gleich kein Verbrechen begangen, so ist doch alles in ihnen bereit, es jederzeit zu tun. In solchen Menschen ist der Verdacht immer wach, daß man sie verachte, sie häßlich finde, über ihre Häßlichkeit lächle, daß man Ekel empfinde vor ihnen. Sie sind eitler als die schönen Menschen. Sie lieben es, sich auffallend zu kleiden, ja eine Blume ins Knopfloch zu stecken, gleichsam verwegen den Spott herausfordernd, vielleicht weil es ihnen Qual bereitet, den armseligen, abgezehrten Körper den Blicken auszustellen, diesen Körper, den sie selbst hassen und verachten, mehr als die andern ihn verachten, mehr als sie selbst irgend etwas in der Welt hassen und verachten.

Vielleicht ist der Friseur darum besonders mein Feind gewesen, weil ich ja im Grunde seinesgleichen war und doch mich von ihm unterschied. Denn ich hatte mich noch nicht aufgegeben. Er war dem Bewußtsein seiner Schwäche und Bresthaftigkeit schon erlegen, wenn er je dagegen gekämpft hat. Ich aber war beherrscht von dem Gedanken an ein Ziel, der mich bis zu meiner Tat nicht verließ, und so war ich noch nicht besiegt. Vielleicht war es die Gewißheit dieses Gedankens, die meine Glücklosigkeit wie Stolz erscheinen ließ und mich einsam machte. Meine Einsamkeit machte den Friseur zu meinem Feind, nicht allein weil er die Einsamen haßte, sondern weil ich war wie er und doch einsam. Denn Menschen seiner Art sind nicht einsam. Sie wollen Menschen, die ihnen zuhören, vor denen sie sich entblößen, sich schänden, in Worten, in Lachen, Tränen und Bewegungen schänden, aus Sucht, ihre eigene Kläglichkeit noch zu quälen und den Gedanken der Rache an denen, die ihnen zuhören, nicht sterben zu lassen.

O Gott, o Gott! Mir ist, als habe ich, indes ich glaubte, den Friseur zu schildern, auch mich selbst, wie ich damals war, beschrieben. All das, wovon ich sagte, daß es in ihm gewesen sei, o Gott, auch in mir ist es gewesen. Auch ich war klein und schwach, bleich, kränklich und wie alles Kranke häßlich, man konnte denken, daß ich verwachsen sei, wenn ich auch keinen Höcker hatte. War nicht auch ich gewalttätig und grausam gegen alles Schwächere, das in meine Gewalt fiel? Ich werde erzählen, wie ich Tiere gequält habe. War ich nicht unterwürfig und demütig gegen den Starken und haßte ihn zugleich? Wie hätte ich sonst schweigen können, als der Fremde mir Schmach antat, ihn hassen, beneiden und schweigen? Dann aber, als er in meine Gewalt kam, wie ward ich da, erst jetzt begreife ich es, das Werkzeug der Rache an ihm, der Rache des häßlichen Wurmes an dem Riesen! Nein, nein, mir ist nun, als sei dies alles doch nicht bloß in der Verkettung der Zufälle gelegen. Als habe ich so getan, weil ich, so geboren, so tun mußte. Auch in mir doch ist die Unsicherheit und Ruhelosigkeit beständiger Furcht gewesen, als könne jede Stunde mir bringen, was mich so restlos demütigt, daß ich die Kraft nicht habe, diese Stunde zu überleben, was mich entlarvt, was mich enthüllt, ganz sichtbar macht, meine Lüge, mein Verbrechen entschleiert. Auch ich Verbrecher auf der Flucht. Und habe noch nicht gelogen und noch nicht verbrochen. Noch nicht! Doch das Verbrechen ist auf dem Weg. O Gott, nun, vierzehn Jahre lang Sträfling, wie weiß ich doch erst jetzt, wie alles, was geschah, nicht Zufall war. War der Verdacht, daß man mich verachte, nicht in mir? Und war nicht er es eigentlich, der mir mein Ziel gab? War ich nicht eitel? Schmückte der Friseur den Rock mit einer Blume, aus welchem Grunde denn, wenn nicht aus Eitelkeit, trug ich noch immer, lange nachdem ich die Kadettenschule verlassen hatte, den anliegenden, bunten Militärrock mit gelben Tressen und Knöpfen? Und empfand ich nicht Abneigung gegen den Friseur aus demselben Grunde, aus dem er mein Feind war, weil wir in einander uns selbst erkannten?

Ich weiß nicht, wer diese Niederschrift einmal lesen wird. Vielleicht wird er nicht verstehen, was ich sagen will, und vieles widerspruchsvoll finden. Mir aber ist, daß alle Widersprüche nur scheinbar sind. Man soll daran denken, daß nichts, was aus uns kommt, aus einer einzigen Wurzel wächst.

Da der Friseur das Vertrauen meines Vaters errungen hatte, benützte er es, mich aus seinem Herzen zu drängen. Ich glaube, ihm ist es zuzuschreiben, daß ich lange meine Mahlzeiten in der Küche des Gasthauses mit Gesinde und Bettlern einnehmen mußte, daß mein Vater jedes Vertrauen zu mir verlor und, je tiefer er sank und je öfter er sich betrank, desto mehr und schmerzhafter mich schlug. Vor Gericht gab Haschek an, der Grund von meines Vaters Freundschaft für ihn sei gewesen, daß der alte Mann ein kaum verständliches Interesse für des Friseurs Nichte Milada gehabt habe, die Haschek die Wirtschaft führte und in der Frisierstube aushalf. Auch das Kind der Milada sei des Generals Kind, der trotz seines Alters, wie der Friseur des öfteren zu beobachten Gelegenheit gehabt habe, noch gut bei Kräften gewesen sei. Der Friseur wollte sich über diese Beobachtungen weiter verbreiten, allein der Vorsitzende des Gerichtes hieß ihn schweigen. Milada selbst verweigerte über diesen Punkt die Aussage. Sie schämte sich, die Wahrheit zu sagen, und ließ lieber die Lüge bestehen. Denn der Bucklige hatte gelogen. Ich weiß es. Denn ich hatte alles mit angesehen.

Ich war nach meiner Rückkehr aus der Kadettenschule trotz meines standhaften Widerspruches zu Haschek als Lehrling gekommen. Ich empfand dies als tiefste Schmach, die mir angetan werden konnte. Allein der Beruf war mir widerwärtig. Ich konnte niemals ohne innere Überwindung mich dem borstigen Gesicht eines Mannes nähern, die Haut mit weißem Seifenschaum geschmeidig zu machen. Später, als ich selbst das Messer führte, fühlte ich oft beim Schaben der Bartstoppeln die Versuchung, in die Haut zu schneiden, daß das rote Blut über die eingeseiften Wangen hinabrinne. Dazu kam, daß ich diesen Beruf beim buckligen Friseur erlernen mußte. Ich will nicht die Leiden beschreiben, die ich in meiner Lehrzeit von Haschek, der mich schlug und zu Diensten niederster Art zwang, ertragen habe. Ich will bloß erwähnen, daß ich gezwungen wurde, täglich am Morgen, wenn ich von zu Hause in die Rasierstube kam, zuerst in das hinten gelegene Zimmer, in dem der

Friseur schlief, zu gehen und Hascheks Nachtgeschirr unter dem Bett hervorziehen, um es in den Abtritt zu entleeren. Nie ließ sich der Bucklige den Genuß entgehen, mich bei dieser Tätigkeit genau zu beobachten. Noch heute, hier in meiner Zelle, fühle ich den ekelhaften Geruch von fetten Pomaden und Tinkturen, nach denen die Stube stank, in meiner Nase. Mein Trost war, daß diese Zeit vorübergehen und daß ich doch noch Soldat sein würde.

Ich wußte, daß der Bucklige log, aber ich sagte anfangs nichts davon vor Gericht. Denn mir war, als werde das Andenken meines Vaters durch solche Auseinandersetzungen nur noch mehr beschmutzt. Erst als mein Urteil verkündet war, und also die Verhandlung schon beendet, sagte ich leise, aber in der Stille, die ringsum war, konnten die Worte deutlich vernommen werden: »Mein Vater ist nicht der Vater des Kindes gewesen«, und als ich sah, daß mich alles verständnislos ansah, wohl weil alle schon diese unwichtige Episode des Prozesses, die zudem schon einen Tag zurücklag, vergessen hatten, wiederholte ich es deutlicher: »Der General war nicht der Vater von Miladas Kind.« Dann führte man mich ab.

Der Vater von Miladas Kind war Miladas Onkel, der Bucklige. Milada war die Tochter von Hascheks Schwester und elternlos. Sie war schlank, groß, hatte blonde Haare und kleine, aber gut geformte Brüste. Als ich bei dem Friseur eintrat, war sie etwa fünfundzwanzig Jahre alt und ein Jahr im Hause. Trotzdem sie noch nicht alt war, war ihr Gesicht verblüht, wohl durch Armut und Entbehrungen, die sie früher ertragen hatte. Bald nach meinem Eintritt bei Haschek bemerkte ich, daß etwas zwischen den beiden vorging, wenn auch weder der Friseur noch Milada auch nur durch ein Wort sich verrieten. Ich bemerkte es an Miladas geröteten Augen, wie auch daran, daß ich sie bisweilen beim Weinen überraschte. Ich erkannte, daß auch sie unter dem Buckligen litt, in dessen Gewalt sie war, da doch er sie jederzeit wieder mittellos aus seinem Hause stoßen konnte. Ich sah, daß sie gegen ihn kämpfte und daß sie von Tag zu Tag stiller wurde, demütiger und ergebener. Sie unterlag. Doch bevor sie unterlag, sollte sie noch an mir enttäuscht werden.

Vielleicht wäre Milada nicht unterlegen, wenn diese Enttäuschung nicht gewesen wäre. Vielleicht hatte sie bis zu dieser Enttäuschung gehofft und erst sich ergeben, als sie sich ganz allein sah: vielleicht trage also auch ich Schuld daran.

Eines Tages, da der Bucklige weggegangen war, fand ich Milada im dunklen Flur sitzend, der zwischen den beiden Wohnkammern und der Rasierstube lag. Sie weinte. Ich weiß nicht mehr, was mich bewog, auf sie zuzutreten und sie zu fragen, was ihr geschehen sei. Milada hob das Gesicht und sah mich einen Augenblick lang an. Sie mochte in dieser Minute den Leidensgenossen in mir fühlen, den Bundesgenossen, der unter demselben Menschen zu leiden hatte wie sie. Ich beugte mich zu ihr hinab. Sie aber streckte, schluchzend, die Arme nach mir aus, umfing mich und drückte mich an sich. Da machte ich mich los, stieß Milada unsanft zurück, daß sie fast gefallen wäre, und lief davon.

Es mag sein, daß der verhaßte Pomadengeruch, der Milada anhaftete wie allem, selbst jedem Möbel, jedem Gerät bei Haschek, mir, da sie mich an sich zog, entgegenschlug und mich abstieß. Es mag sein – ich war mir dessen niemals bewußt –, daß ich ihr, der Gesunden, Geradegewachsenen, Bundesgenosse nicht sein konnte gegen den Buckligen, wenn auch er mein Feind war. Daß ich den Ekel, den Widerwillen, den sie vor dem Buckligen empfand, als Ekel auch vor mir verstand, wenn auch sie mich in diesem Augenblick der Not als das kleinere und ungefährlichere Übel umarmte, mehr in schwesterlicher vielleicht als in weiblicher Umarmung. Es mag aber auch etwas anderes der Grund für dieses mein Verhalten zu Milada gewesen sein und das ist, daß ich niemals in einem anderen Verhältnis als dem kühler Ablehnung zu Frauen gestanden habe. Allerdings war ich damals noch jung und seither, seit meinem siebzehnten Lebensjahre, habe ich keine Gelegenheit mehr gehabt, dieses mein Verhältnis zu prüfen. Allein nie in den Jahren meiner Strafe ist mir auch nur der Gedanke gekommen, eine solche Prüfung für wünschenswert zu halten. Ich habe gehört, daß Knaben in dem Alter, in dem ich damals stand, ja, daß Männer von Frauen und geschlechtlichen Orgien träumten. Nie in meinen Träumen habe ich davon etwas gesehen.

Kurz nachdem ich Milada im Stiche gelassen hatte, gewahrte ich eine Veränderung, die mit ihr vorgegangen war und die ich, so unerfahren ich damals auch war, sogleich begriff. Sie schien mit dem Buckligen vollkommen versöhnt, es war, als habe sie den Ekel überwunden. Sie scherzte mit ihm, war fröhlich und niemand, der sie jetzt sah, hätte gedacht, daß sie noch vor wenigen Tagen wie eine demütige und furchtsame Dienerin durch diese Räume gegangen sei. Und noch etwas konnte ich bemerken und auch hierfür waren mir die Gründe sogleich klar. Nun begann auch Milada, die bisher mir freundlich entgegengekommen war, mich mit ihrer Feindseligkeit zu verfolgen, sie klagte dem Buckligen über meine Faulheit, meinen Ungehorsam, sie billigte es, wenn er mich schlug, stachelte ihn gar an, es zu tun und erdachte selbst manches, mich damit zu kränken und zu quälen. Auch ihr Nachtgeschirr, das sie gar, nicht wie sonst gesunde Menschen, zu allen ihren Bedürfnissen benützte, mußte ich säubern und entleeren. Ich verstand sie. Ich hatte sie zurückgestoßen und dadurch dem Buckligen ausgeliefert. Ich war schuld daran. Wohl hatte sie den Widerwillen gegen ihn überwunden, aber vielleicht nur dadurch, daß sie mich gefunden hatte, ihren Haß auf mich zu wälzen.

Zweimal schon habe ich versucht, mitzuteilen, was ich für den Grund der Entwicklung des sonderbaren Verhältnisses zwischen dem Friseur und meinem Vater halte, und beidemal war es meine Ungeübtheit im Erzählen, die mich von der geraden Linie des Berichtes abweichen ließ. Nun aber gehe ich daran, mein Versäumnis nachzuholen.

Als mein Vater als weggejagter Militärarzt in die Stadt kam, in der er seit seiner Jugend nicht mehr gewesen war, hatte er hier keinerlei Bekannte. Der erste Mensch, den er in der Stadt kennenlernte, war der bucklige Friseur. Mein Vater war gewöhnt, auf sein Äußeres, wie das in der großen Stadt und ganz besonders in militärischen Kreisen üblich ist, große Sorgfalt zu verwenden und täglich, vor allem anderen, eine Rasierstube aufzusuchen. Trotzdem nun mein Vater nicht mehr den Militärrock trug und auch nicht in einem Kreise mehr lebte, in dem besondere Sorgfalt nötig gewesen wäre, gab er die Pflege seines Äußeren bis in die letzte Zeit vor dem Ereignis nicht auf und erst damals hätte man an ihm Zeichen der Vernachlässigung bemerken können. Gewiß hat mein Vater schon am Tage seiner Ankunft den Friseurladen des Haschek aufgesucht und diesen Besuch dann täglich wiederholt. Damals schon begann man meinen Vater den General zu nennen, wenn auch noch nicht öffentlich. Doch mochte das Gerücht hievon schon bis zu ihm gedrungen sein. Josef Haschek war der erste, der ihm diesen Titel in direkter Anrede gab. Man wird nicht verstehen, wie eine solche Anrede, die der alte und geprüfte Mann damals gewiß noch als blutigen Hohn auffassen mußte, der Ausgangspunkt einer Freundschaft werden konnte. Wenn ich auch nicht dabei war, so ist mir doch, als sähe ich den Bucklingen vor dem grauhaarigen Greis stehen und das Messer ansetzen, um mit dem Rasieren der Bartstoppeln auf dem von Backenbart umrahmten Kinn zu beginnen. Und plötzlich sagt er es, hängt es irgend einer Frage an, etwa der, ob mein Vater gut geschlafen habe. »Herr General«. Mein Vater blickt auf und sieht die demütigen, hündisch ergebenen Augen dieses armseligen Menschen, die ihn anschauen, als wäre nichts geschehen, was nicht jeder erwartet hätte. In diesem Augenblick vollzieht sich die große Entscheidung. Soll mein Vater aufstehen und diesen Zwerg mit einem Schlag zu Boden werfen? Soll er es sich wenigstens strengstens verbieten, mit einem Titel angesprochen zu werden, der ihm nicht gebührt? Der Mann scheint zu glauben, was er sagt, und schon spricht er harmlos von etwas anderem. Und mein Vater zögert, ob er ihn aufklären soll, erinnert sich dann vielleicht, daß Kellner und Friseure es in der Gewohnheit haben, Standeserhöhungen und Rangerhöhungen eigenmächtig vorzunehmen, Bürgerliche als Barone, Studenten als Doktoren, vielleicht auch pensionierte Militärs als Generale anzusprechen. Noch einmal etwa vergewissert er sich, ob kein Hohn im Blick sei und kein Hohn in der Stimme. Dann schweigt mein Vater und mit diesem Schweigen hat er alles auf sich genommen.

In den ersten Jahren ihrer Beziehung hat Josef Haschek niemals, wenn er abends zugleich mit meinem Vater im Gasthaus war, sich an den Tisch des Generals gesetzt. Mein Vater pflegte allein an einem Ecktisch zu sitzen, später bisweilen auch am Tisch der Beamten. Erst wenn alles die Wirtsstube verlassen hatte, kroch der Bucklige, das Bierglas in der Hand haltend, aus seinem Winkel hervor, stellte sich in Positur und bat ihn, in militärischem Ton, »gehorsamst« um Erlaubnis, an seinem Tisch Platz nehmen zu dürfen, worauf mein Vater gnädig lächelte und herablassend eine einladende Handbewegung machte. Bis in die allerletzte Zeit, da also schon mein Vater vom Friseur geradezu beherrscht war, vergaß der Friseur nie, gleichsam die Haltung des untergeordneten Soldaten einzunehmen, wenn er mit meinem Vater sprach. Immer bat und meldete er gehorsam, riß die Tür auf, durch die mein Vater treten sollte, und nahm nicht Platz, ohne hiezu aufgefordert worden zu sein. Dabei war sein Antlitz ernst und voll Würde, niemals hätte man darauf ein Lächeln des Hohnes sehen können. Ich glaube, daß dieses Verhalten des Buckligen meinem Vater Sicherheit gegeben hat und daß der Ernst, der in diesem Spiel lag, meinen Vater im Lauf der Jahre allmählich an die Wirklichkeit dessen, was er zuerst wohl nur widerwillig über sich hatte ergehen lassen, glauben ließ. Der Friseur war es auch, der ihn dazu brachte, vom schweigenden Erdulden der Lüge zum Sprechen überzugehen. Er zwang ihn zu lügen. Wenn sie allein im Wirtshaus beieinander saßen, drang er unabweisbar, wenn auch in bescheidener Form, in meinen Vater, ihm doch aus dem Schatz seiner soldatischen Erfahrung, seiner Erlebnisse in den Feldzügen zu erzählen, zumal er, der Bucklige, schon soviel von anderen über meines Vaters Tüchtigkeit und Tapferkeit gehört habe und es ihn, der für nichts größeres Interesse, ja Liebe hege, als für den Soldatenstand, gelüste, hievon aus meines Vaters Munde zu hören. Es ist wahr, daß mein Vater Feldzüge, und zwar die gegen Dänemark und gegen Preußen, mitgemacht hat, allerdings als Arzt. Der Friseur aber wollte hören, wie er die Truppen zum Sturm geführt habe.

Es ist anzunehmen, daß mein Vater zuerst auf die Bitten des Friseurs nicht eingegangen ist. Daß seine unablässige Zudringlichkeit ihn erst zum Reden bewegte. Daß er hoffte, sich dadurch Ruhe verschaffen zu können. Vielleicht auch hat einmal der Alkohol seine Zunge gelöst. Doch, wenn er etwa gehofft hatte, der Bucklige werde zufrieden sein, wenn er einmal erzählte, täuschte er sich. Haschek verbreitete sofort, was mein Vater ihm erzählt hatte, so daß nun, sich an seinen Lügen zu belustigen, schon am nächsten Abend alle Besucher des Wirtshauses in meinen Vater drangen, auch ihnen von seinen Taten und Erlebnissen mitzuteilen. Was konnte meinem armen Vater da übrig bleiben, als den einmal beschrittenen Weg fortzuschreiten? Er war nicht stark genug, gegen sein Schicksal zu kämpfen, nicht weise genug, den Geist in gelassener Ironie über die Niedrigkeit seines Schicksals und die Niedrigkeit ringsum zu erheben, nicht groß genug auch, wie ein Dulder die Passionen des Kreuzwegs auf sich zu nehmen, in ihnen demütig Ruhe und Versöhnung des Herzens zu finden. Und es ist, daß in diesem Licht sein trauriger Hang zum Trinken, der ihn immer tiefer sinken, aber auch vergessen ließ, den Glanz etwa eines gütigen Ausgleichs durch die Vorsehung gewinnt. Ich habe damals nur seinen Rausch und seine Erniedrigung vor den Menschen gesehen. Sie erfüllten mein Herz mit Bitterkeit. Denn ich weiß erst jetzt, daß sie gerade es waren, die meinen Vater bewahrten, sein Leid in seiner ganzen Schwere zu erfassen.

Man könnte nun glauben, daß der bucklige Friseur all dies an meinem Vater nicht aus bösem Trieb getan habe. Man könnte glauben, daß er wirklich sich ihm in aufrichtiger Ehrerbietung genähert habe. Oh, man vergesse nicht, daß in solchen Menschen keine Ehrerbietung für Menschen vom Schlage meines Vaters sein kann. Mein Vater war stolz, groß, sah auf Sauberkeit seines Aussehens, hielt sich wie ein Soldat, dessen Brust gewölbt ist und dessen Schenkel gewöhnt sind, ein Pferd zu regieren. Er sprach kurz, laut und in befehlendem Tone. Mußte der Friseur nicht sein Feind sein? Mein Vater war gewiß nicht sehr klug, gewiß lange nicht so klug wie der Friseur. Und war doch groß, trotz der unglücklichen Geschichte seiner Pensionierung, stolz, sprach laut und in befehlendem Tone. Man sagt, der Bucklige habe nicht die Spur eines Lächelns gezeigt, wenn er mit ihm gesprochen habe. Man vergißt die Klugheit solcher Menschen. Er wußte, daß er sein Opfer verlieren müsse, wenn nur der Schatten eines Lächelns über sein Gesicht gehe. Solche Menschen haben eine asketische Klugheit. Sie lächeln nicht, aber ihre Seele badet im Bewußtsein des Hohnes, den sie antun.

Ich habe eine arme Jugend gehabt. Und doch war auch sie erhellt von einem Licht: dem Gedanken an mein Ziel. Ich wollte Soldat werden. Vielleicht, daß irgendwo in meinem armseligen Knabenkörper, mir nicht bewußt, die Hoffnung war, daß ich groß, gesund, stark sein würde, wie alle Soldaten, wenn ich erst mein Ziel erreicht hätte. Vielleicht war es diese Hoffnung, die es vermochte, daß ein an sich einfacher Gedanke von so außerordentlicher Bedeutung für mich geworden ist.

Vor allem aber sagte ich mir, daß ich Soldat werden müsse, weil es meine Pflicht sei, meinen Vater zu rechtfertigen. Nicht etwa durch den Nachweis, daß ihm Unrecht widerfahren sei. Ich zweifelte nie an seiner Schuld. Ich wollte ihn rechtfertigen durch ein Leben des Gehorsams, der Treue, der äußersten Pflichterfüllung, gerade in dem Beruf, in dem er gesündigt hatte. Durch mein Leben wollte ich mich wie ihn von seinen Verfehlungen nicht nur im Dienst, sondern auch von seiner Schande nachher, in der er unaufhaltsam immer tiefer versank, reinwaschen. Ich konnte in einem Winkel unseres dunklen Stiegenhauses weinen, wenn ich an meinen Vater dachte und an meinen Entschluß, ihn zu entsühnen. Nicht bloß, weil mein Vater diesem Stand als Arzt angehört hatte, wollte ich Soldat sein, zugleich trieb mich zu diesem Beruf seine Härte und Strenge. Denn es war mir, als könne nur der rücksichtsloseste Dienst, die schonungslosen Strapazen und Leiden von Verwundungen, der bis in den Tod unkündbare und unbedingte Gehorsam, mir Befreiung von der Schmach und dem Makel bringen, die mein Vater über sich und über mich gebracht hatte.

Ich war keineswegs über meine körperlichen Eignungen im Zweifel. Aber dieses Wissen hinderte meinen Willen nicht, sich auf dieses Ziel zu richten. Ich kannte die Geschichte vieler Heerführer und am meisten bewunderte ich drei, die ich für die größten Soldaten hielt. Das waren der Prinz von Savoyen, der König Friedrich der Zweite von Preußen und der Kaiser Napoleon Bonaparte; der bucklige kleine Prinz Eugen, dessen Dienste ein König von Frankreich ausgeschlagen hatte, Friedrich der Große, der hagere, häßliche Mann, dessen auf den Stock gestützter Körper ebenso den Eindruck der Verwachsenheit erwecken mochte wie mein eigener, Napoleon, der klein und dick war und auf dem Rücken seines Pferdes hing, daß die, die ihn sahen, lachten! Ich glaube auch heute noch, daß ein Höcker, sei er auch noch so groß, keineswegs ein Hindernis für eine Feldherrnlaufbahn ist. Zum wirklich großen Feldherrn gehört Grausamkeit, die Grausamkeit der Entscheidung über das Leben Vieler. Der große Feldherr ist ohne Gnade. Ohne Gnade auch gegen sich selbst. Ich glaube, daß man verwachsen sein muß, von einem bösen Muttermal entstellt, um die Macht ganz zu begreifen, die einem in die Hand gegeben ist.

Als ich die vierte Gymnasialklasse absolviert hatte, ging ich daran, meine Pläne auszuführen. Ich wandte mich brieflich an den Verwandten meiner verstorbenen Mutter, denselben, der meinem Vater schon einmal geholfen hatte, und bat ihn, mir mit seinem Einfluß bei der Aufnahme in eine Kadettenschule behilflich zu sein und mir so die Möglichkeit einer mit geringen Kosten verbundenen Laufbahn zu verschaffen. Mit Drängen und Bitten erreichte ich auch bei meinem Vater, daß dieser sich entschloß, an einige alte Kameraden zu schreiben und sie zu ersuchen, meiner Bitte um Gewährung eines Freiplatzes Nachdruck zu verleihen, besonders aber mir einen Brief an den Militärarzt, der mich auf meine Tauglichkeit prüfen sollte, mitzugeben. Ich glaube, daß ich nur auf diesen Brief meines Vaters hin tauglich befunden wurde.

Die Zeit, die ich in der Kadettenschule zubrachte, war die einzig glückliche meiner Jugend. Mit leidenschaftlicher Hingabe leistete ich den Dienst und keineswegs zog es mich mehr zu den theoretischen Fächern als zu den körperlichen Übungen. Im Gegenteil: ich setzte allen Ehrgeiz daran, im Exerzieren und Turnen mit den größten und stärksten Kameraden zu wetteifern und wäre lieber ohnmächtig zusammengefallen, ehe ich irgend jemandem meine Müdigkeit eingestanden hätte. Denn mich zu ermüden, brauchte es nicht viel. Allein ich biß die Zähne aufeinander und bezwang mich. Es freute mich, wenn der Offizier einen direkten Befehl an mich richtete. Zwar war ja alles durchdrungen von der Atmosphäre des Gehorsams. Allein so, wenn das Auge des Vorgesetzten auf mich fiel und ich, seinem Befehl mich zu fügen, unbeweglich dastand, ward mir, als durchdringe mich, qualvoll und beseligend zugleich, die große Lust des Gehorchens. Vielleicht, daß, wer herrschen will, alle Bereitschaft zur tiefen Demütigung des Gehorchens an sich hat, wenn er die Gewalt findet, die stärker ist als er, ja, vielleicht, daß sein Leben nichts ist als marterndes Suchen nach dieser Gewalt.

Meine militärische Laufbahn fand bald ein Ende. Ich war erst wenige Monate in der Kadettenanstalt, als ich nach einem langen Marsch ohnmächtig zusammenfiel und ins Lazarett geschafft werden mußte, wo ich einige Zeit lang in heftigem Fieber lag. Vom Lazarett aus kehrte ich nicht mehr in die Schule zurück, sondern wurde wieder nach Hause geschickt, um hier nach hartem, aber vergeblichen Widerstand als Lehrling beim Friseur Haschek einzu-

treten. Trotzdem gab ich den Gedanken an eine militärische Laufbahn nicht auf. Ich rechnete damit, nach Erreichung des vorge-
schriebenen Alters als einfacher Mann in das Heer aufgenommen
zu werden. Und ich hoffte, daß es mir gelingen werde, durch Tapferkeit und Pflichterfüllung selbst als einfacher Soldat auf der Stu-
fenleiter des Standes höher zu kommen.

Trotzdem ich vorläufig nichts war als ein entlassener Militärzög-
ling und Lehrling bei einem Friseur, trug ich meine enganliegende
Soldatenbluse weiter, als wollte ich den Spott der Menschen heraus-
fordern, vielleicht weil der Groll, den der Hohn der Leute in mir
erweckte, mir doch eine Freude brachte, die Freude, an ihm meinen
Willen immer von neuem anfachen zu können.

Als ich etwa ein Jahr lang als Lehrling in der Friseurstube des Haschek war, erschien der Fremde in unserer Stadt. Ich nenne ihn den
Fremden, weil er von niemandem in der Stadt anders genannt wurde und weil auch im Prozeß ihn alle Zeugen so nannten. Ich selbst
erfuhr seinen Namen spät, lange nach dem Ereignis, im Laufe der
Untersuchung. Das Eintreffen des Fremden, der sich scheinbar zu
längerem Aufenthalt bei uns einrichtete, machte in der Stadt, in die
nur selten einmal ein Reisender auf wenige Stunden sich verirrte,
großes Aufsehen. Lange und viel wurde über ihn im Wirtshaus und
von den Kunden, die in unseren Laden kamen, gesprochen und
eifrig erwogen, was für ein Geschäft ihn veranlaßt haben mochte,
die Stadt, die abseits von den großen Straßen des Verkehrs lag, zu
besuchen.

Der Fremde war im Gasthof am Marktplatz, schräg gegenüber
dem Hause, in dem ich mit meinem Vater wohnte, abgestiegen, im
selben Gasthof, dessen Wirtsstube von meinem Vater besucht wurde. Über den Zweck seines Aufenthaltes vom neugierigen Wirt
befragt, hatte er eine ausweichende Antwort gegeben und bloß
erklärt, daß er längere Zeit sich in der Stadt aufzuhalten gedenke.
Ich habe keinen Anlaß, auseinanderzusetzen, was ich für den
Grund ansehe, der den Fremden bewog, zu uns zu kommen, zumal
dieser Grund mit dem Ereignis nur in einem losen Zusammenhang
steht und ich mich nicht für berechtigt halte, Geheimnisse anderer
offenbar zu machen. So werde ich nur, soweit es zum Verständnis

meiner eigenen Geschichte unbedingt notwendig ist, die Schleier vom Geheimnis des Fremden lüften und keineswegs unschuldige Menschen bei ihrem Namen nennen und so ihre Beziehungen der Öffentlichkeit preisgeben. Ich werde diese Versuchung, mag sie auch noch so groß sein, in diesen Aufzeichnungen ebenso widerstehen, wie ich ihr in der Untersuchung und Verhandlung des Gerichtes widerstanden habe, obgleich mir damals die Mitteilung aller Umstände hätte von Nutzen sein können.

An demselben Morgen schon, an dem er in die Stadt gekommen war, suchte der Fremde den Raseurladen auf. Er war nicht so gekleidet wie die Männer in der Stadt, an dem Schnitt seines gutsitzenden Anzuges erkannte man den Großstädter, der viel Sorgfalt auf die Auswahl seiner Kleidung verwendet. Die Haare des Fremden waren schwarz und von metallischem Glanz, an den Seiten kurz geschoren und in der Mitte gescheitelt. Der Schnurrbart war kurz, Backen und Kinn bartlos. Von Gestalt war der Fremde groß und schlank, seine Bewegungen waren ruhig, von leichter Nachlässigkeit wie sein Gang, und es war vielleicht gerade diese nachlässige Ruhe in allem, die die Vorstellung eines gesunden, schönen, in allen Muskeln gleichmäßig entwickelten Körpers hervorrief. Ich hatte den Fremden schon früher, als ich gerade vom Hause über den Marktplatz in die Friseurstube ging, gesehen. Der Wagen, in dem er saß, hielt gerade vor dem Wirtshaus. Ich blieb stehen, aber der Fremde erhob sich nicht sogleich, wie ich und wohl manch anderer getan hätte, um, ans Ziel gelangt, den Wagen zu verlassen. Er sah sich erst einen Augenblick lang um. Dann begann er die Reisedecke, die sorgfältig um seine Füße gelegt war, langsam zu entfernen und übergab sie dem Kutscher, der indes seinen Bock verlassen hatte. Und jetzt erst erhob er sich und entstieg dem Wagen.

Mir ist all das noch ziemlich gegenwärtig. Besonders erinnere ich mich der Sorgfalt und wichtigen Ruhe, mit der der Fremde die Reisedecke von seinen Füßen entfernte. Ich erinnere mich auch, daß das Aussehen des Fremden, seine Ruhe wie seine selbstsichere Nachlässigkeit mich vom ersten Augenblick an mit dem Gefühl der Ablehnung gegen ihn erfüllten, ein Gefühl, das sich in mir verdichtete, als ich das spöttische Lächeln um den Mund des Fremden sah, da in der Rasierstube sein Blick auf mich fiel, der ich die Militärbluse trug.

Der Fremde wurde von Haschek bedient, der sich vergeblich und rastlos bemühte, mit dem schweigsamen Gast in ein Gespräch zu kommen. Der Fremde gab kurze, ausweichende Antworten. Ich weiß nicht, ob es bloß seiner Gewohnheit widersprach, mit einem Friseur mehr als das gerade Notwendige zu sprechen oder ob er aus anderen Gründen beschlossen hatte, durch Gespräche keinerlei Anhaltspunkte zu geben, aus denen Schlüsse auf den Zweck seines Hierseins gezogen werden könnten.

Ich stand unweit von Haschek und dem Fremden und zog auf dem Abziehleder Rasiermesser ab. Ich hörte, daß der Fremde, während der Bucklige mit dem Messer über seine Backe fuhr, plötzlich, wohl weil er das Gefühl hatte, daß Haschek ihn in die Wange geschnitten habe, die Hand wie zur Abwehr hebend »Halt« rief. In diesem Augenblick ging ein verstehendes Lächeln über des Friseurs Gesicht:

»Bitte gehorsamst«, sagte er, »es ist nichts geschehen.«

Und indem er das Rasiermesser wieder ansetzte, fuhr er fort: »Ich habe es mir gleich gedacht. Ich habe ja schon so viele von den Herrn bedient. Wenn auch ich selbst nie dabei war. Wegen... Können ja selbst sehen. Nun aber brauchen mir nichts mehr zu sagen, bitte gehorsamst. Der Herr sind Offizier. Ich weiß, wie ich mich...«

Er wollte weiter sprechen, doch der Fremde unterbrach ihn: »Ich möchte Sie bitten, mich in Ruhe zu lassen.«

»Bitte gehorsamst.«

Haschek verneigte sich und lächelte.

Ich weiß wirklich nicht, ob Haschek in dem Fremden den Offizier zu erkennen glaubte, oder ob er nur hoffte, auf diese Weise von dem unbekannten Gast die Wahrheit erfahren zu können. Jedenfalls, als, kurz nachdem der Fremde die Rasierstube verlassen hatte, mein Vater eintrat, tat er so, als habe der Fremde sich mit ihm in ein längeres Gespräch eingelassen und ihm, wenn auch unter dem Siegel strengster Verschwiegenheit, anvertraut, daß er Offizier sei. Welche Gründe den Fremden bewogen, seinen Stand zu verbergen, warum er sich hier eine Zeit aufzuhalten gedenke, habe der Friseur noch nicht erfahren, vor allem deswegen nicht, weil er nicht danach gefragt habe. Es sei ihm unpassend erschienen, den Fremden gleich beim ersten Zusammentreffen mit Fragen zu belästigen, die den Eindruck zudringlicher Neugierde hätten erwecken können, und so habe er nur erfahren, was der Fremde ungefragt gesagt habe. Es werde sich aber gewiß Gelegenheit geben, alles Wissenswerte zu erfahren, zumal anzunehmen sei, daß das Verhältnis des Vertrauens zwischen ihm, dem Buckligen, und dem fremden Offizier, das schon beim ersten Zusammentreffen so erfreulich klar gewesen sei, sich Schritt für Schritt weiterentwickeln werde.

Es schien, als ob die Mitteilung des Friseurs auf meinen Vater tiefen Eindruck mache. Wenn auch mein Vater damals wohl schon tief genug gesunken war, um das Traurige und Lächerliche seines Spiels nicht mehr zu fühlen, mag immerhin ein unklares, doch drückendes Schuldbewußtsein in ihm geblieben sein, das sich vor allen Dingen in einem von Tag zu Tag größer werdenden Mißtrauen äußerte. Ich habe an meinem Vater beobachtet, daß er erschrak, wenn eine Tür geöffnet wurde, um wie befreit zu lächeln, wenn er einen Bekannten eintreten sah. Es war, als fürchte er eine Entdeckung, eine Überraschung, jede Veränderung, trotzdem er sich des Spiels, dessen Hauptperson er war, wohl nicht mehr bewußt wurde. Sicherlich hatte er eine geheimnisvolle Scheu vor Unbekannten. Er näherte sich ihnen nur, wenn es nicht anders ging und mit einer Art ängstlicher und schlauer Vorsicht, um dann, wenn er fühlen mochte, daß sie nicht gekommen seien, seine Seele aus dem Gleichgewicht zu bringen, gleichsam in Siegerlaune, um so toller und zügelloser seine Rolle zu spielen. Daß der Fremde, dessen Eintritt in den Kreis seines Lebens nun drohte, Offizier war, mochte ihn, den General, besonders unsicher machen und mit unbestimmten Befürchtungen erfüllen.

Mein Vater sah den Friseur, da dieser seinen Bericht über die Unterredung mit dem Fremden geendet hatte, furchtsam an und sagte tonlos:

»Ein Offizier? Ein Offizier?«

»Jawohl, Herr General!«

»Hat er von... Haben Sie von mir gesprochen?«

»Jawohl, Herr General. Selbstverständlich habe ich die Anwesenheit eines verdienten Generals in unserer Stadt erwähnt.«

Mein Vater machte einen Schritt auf den Friseur los. Sein Gesicht, seine Gestalt drückten Hilflosigkeit aus.

»Kennt er mich, Haschek?!... Kennt er mich?«

Ich glaube, daß dieser Augenblick es war, in dem jene Idee im Buckligen entstand, die so viel Verderben nach sich ziehen sollte.

»Ich melde gehorsamst, Herr General, er scheint von Herrn General gehört zu haben.«

»Sagte er das, Haschek? Sagte er das so?«

» Als ich ihm vom Herrn General erzählte, meinte er: ›So, so!‹ So wie man sagt: Du willst mir Neuigkeiten erzählen, wie, aber ich weiß das alles besser als du.«

»›So, so‹, sagte er, Haschek? Sonst nichts?«

»Sonst nichts. Ich bitte gehorsamst, Platz zu nehmen, Herr General.«

Ich setzte mich an diesem Abend im Gasthaus an einen Tisch unweit der Küchentür. Mein Vater saß in einem Kreis von Bürgern und Beamten am entgegengesetzten Ende der Wirtshausstube. Der Friseur stand neben dem Tisch und beteiligte sich am Gespräch. Mein Vater war an diesem Abend besonders aufgeräumt. Er erzählte die Geschichte eines Gefechtes bei einem Dorf, dessen italienisch klingenden Namen ich vergessen habe. Ich glaube nicht, daß die Kriegsgeschichten, die mein Vater zu erzählen pflegte, frei erfunden waren, vielmehr, daß er sie im Laufe seines Dienstes von Offizieren, die sie wirklich erlebt hatten, gehört hatte. Denn ich glaube nicht, daß mein Vater Phantasie und Einbildungskraft genug besessen habe, solche Schilderungen zu erfinden. Von ihm selbst stammen nur die oft dummdreisten Ausschmückungen seiner Erzählung sowie die Einflechtung seiner eigenen Person als Helden des betreffenden kriegerischen Erlebnisses. Der Friseur hörte immer mit größter Aufmerksamkeit zu und es schien ihm Vergnügen zu bereiten, kleine Ungenauigkeiten in der Erzählung zu entdecken, Widersprüchen durch Zwischenfragen nachzugehen und sie, wenn mein Vater nicht ein noch aus wußte, womöglich selbst zu erklären.

Als ich eintrat, war mein Vater schon mitten in seiner Erzählung.

»Also wir liegen ruhig und denken schon, heute nacht geht's an uns vorbei. Tags zuvor der Sturm auf den Friedhof hatte fünfundzwanzig Tote und siebenunddreißig Verwundete gekostet. Immerhin, fünfundzwanzig Tote. Von den Verwundeten waren einige so schwer daran, ganze Füße weg, einfach weggerissen. Meine Herren! Verbluteten mir unter der Hand!«

»Wem?« fragte der Friseur.

»Verbluteten mir unter der Hand, sage ich.«

»Herrn General? Wo war denn der Arzt?« fragte der Friseur. »Der Feigling war wohl...!«

Mein Vater geriet in Zorn.

»Feigling? Wer ist da Feigling? Immer dabei! Ich habe die Verwundeten nie verlassen!«

»Herr General!« sagte der Friseur mit Nachdruck.

Mein Vater schien zu fühlen, daß er sich irgendwie versprochen habe, wenn auch nicht zu wissen, worin. Er sah verständnislos, verlegen und ratlos zugleich den Friseur an. Dann sank er zusammen, als habe ihn eine große Müdigkeit befallen und sagte wie geistesabwesend:

»Ja, ja!«

»Herr General«, sagte nun wieder der Friseur, »ich bitte gehorsamst um die Erlaubnis zu einer kleinen Zwischenbemerkung. Ich habe erzählen gehört, Herr General seien in allen Feldzügen ein solcher Freund der Soldaten gewesen, die die Ehre hatten, unter Herrn Generals Befehl gegen den Feind zu ziehen, daß Herr General beim Verbinden der Verwundeten, wenn Eile nötig war, oft selbst Hand anzulegen geruhten.«

Mein Vater richtete sich wieder auf.

»Meine Herren, so war es. Selbst Hand anzulegen beim Verbinden der Verwundeten. Selbst. Also, wo war ich?«

»Sie lagen in einer Mulde. Tags zuvor der Sturm auf den Friedhof mit großen Verlusten. Sie dachten schon, daß es diese Nacht vorbeigehen würde.«

»Falsch gedacht! Falsch gedacht, meine Herren! Wir liegen in der Mulde. Vor uns das Dorf und von links und rechts Plänklerfeuer. Zur Sicherung lasse ich eine starke Patrouille, Offizierspatrouille, meine Herren, gegen den Dorfrand vorgehen. Man muß immer vorsichtig sein, meine Herren. Ich warne sie vor Unachtsamkeit, auch bei größter Müdigkeit. Habe Fälle erlebt, wo ganze Armeen infolge mangelnder Sicherung durch ein Detachement von hundert Reitern unter Führung eines schneidigen Offiziers vernichtet wurden. Auf Ehre, meine Herren! Vorsicht ist die wichtigste Tugend des Führers. Nach der Kaltblütigkeit und Tapferkeit, versteht sich. Bekomme Meldung von Patrouille: Dorflisiere vom Feinde nicht besetzt. Befehle darauf der Patrouille, aufgelöst, aufgelöst, das ist wichtig, meine Herren, bis zur Dorfmitte vorzustoßen, dort bis Morgengrauen zu verharren, Vorfallenheiten melden, bei Tagesanbruch einrücken. Ich selbst denke: nun empfehle deine Seele Gott, hast siebzehn Nächte nicht geschlafen, gute Nacht! Oho! Kommt Meldung vom Oberst. Mein Freund Oberst Kopal, meine Herren! Mein Freund und Vorgesetzter. In Temesvar, als Leutnant täglich mit ihm Billard gespielt, zehn Points einen Kreuzer. Treffe ihn fünfundfünfzig als Hauptmann in Mantua. Alter Haudegen. Na, ja; Meldung: Oberst Kopal an Magenschmerzen erkrankt. Ich habe Bataillonskommando zu übernehmen. Bittet mich, falls Ruhe, um Besuch. Was antworte ich: Herr Oberst, ich habe das Kommando des Jägerbataillons übernommen. Ich verlasse mein Bataillon als Toter, aber nicht, um Krankenbesuch zu machen. Wie Oberst Kopal die Meldung liest, bricht er in Tränen aus. ›Ein Soldat!‹ ruft er, meine Herren, ›das Muster eines Soldaten! Gott erhalte ihn der Armee!‹«

»Herr General«, sagte der Friseur, »ich bitte gehorsamst um die Erlaubnis, Herrn General unterbrechen zu dürfen. Ich habe nämlich gehört, daß Herr General den italienischen Feldzug beim Regiment Alt-Starhemberg mitgemacht haben!«

»Jawohl«, erwiderte mein Vater, »bei dem altehrwürdigen Regiment Alt-Starhemberg, dessen Fahne ich in Schlachten, Gefechten und Stürmen als junger Offizier zu tragen und mit meinem Leib zu decken die Ehre hatte. Ich habe sie um den Leib gebunden und so den Po durchschwommen, der aus seinem Bett getreten war, daß man die Ufer nicht sehen konnte. Und gerettet, meine Herren!«

»Ich bitte gehorsamst um Entschuldigung«, sagte wieder der Friseur, »ich verstehe nicht...«

Er unterbrach sich und machte eine ehrerbietige Verneigung. Der Fremde war eingetreten und erwiderte mit flüchtigem Nicken den Gruß des Buckligen. Er setzte sich an einen Ecktisch, der vor dem Tisch, an dem die Gesellschaft um meinen Vater saß, wie von meinem Tisch am weitesten entfernt war und bestellte sein Abendessen, das ihm sogleich gebracht wurde. Das Gespräch an meines Vaters Tisch war verstummt, alle sahen neugierig den Fremden an. Mein Vater saß zusammengekauert da, als wollte er sich hinter den Rücken der anderen vor dem Fremden verbergen. Dieser aber schenkte den Gästen in der Stube keinerlei Aufmerksamkeit. Nur einmal hob er den Blick und richtete ihn musternd einen Augenblick gegen den Tisch meines Vaters. Das war, als der Friseur sagte: »Also das verstehe ich nicht, Herr General!«, wobei der Bucklige dem Titel, den er meinem Vater beilegte, durch Steigerung der Stimme besonderen Nachdruck verlieh.

Mein Vater aber schien noch mehr in sich zusammengesunken und schwieg.

Der Fremde aß rasch, erhob sich und verließ die Stube. Wieder grüßte der Friseur ergeben. Auch ich stand auf und ging.

Es gibt gewiß viele Menschen und gewiß auch viele alte Soldaten und sicherlich sind sie schon oft genug und besser als ich es vermag, von Schriftstellern dargestellt worden, Menschen, die die Befriedigung einer rätselhaften Lust darin finden, die Mitmenschen in Erstaunen zu setzen durch Erfindung unwahrer Geschichten, an deren Wahrheit sie keinen Zweifel dulden und an die sie selbst unbedingt glauben wollen. Ich weiß nicht, worauf diese Lust zurückzuführen ist, ob auf den Alkohol oder eine krankhafte Veranlagung, und es fehlt mir an Wissen und Erfahrung, dieser Erscheinung auf den Grund zu gehen. Aber ich glaube, daß mein Vater nicht ganz diesen oft geschilderten Figuren der Romane und Theaterstücke zuzuzählen ist, deren eine oder mehrere wohl jeder auch im Leben kennenzulernen reichlich Gelegenheit gefunden hat. Ich möchte diese Leute »freiwillige Lügner« nennen, da sie nichts zur Erdichtung ihrer Lügen treibt, als die eigene Lust, und meinen Vater einen unfreiwilligen Lügner, einen Lügner aus Schwäche, einen

Lügner aus Scham, der nicht wie jene eine lustige Figur für eine Komödie, sondern eher eine tragische für ein Trauerspiel abzugeben geeignet wäre. Mein Vater fing sich in den Fallen, die der Bucklige ihm mit aller List vor die Füße legte. Er sah keinen Ausweg, um Ruhe zu gewinnen, als die Lüge und er ergab sich ihr, unfreiwillig und widerwillig und mit Scham im Herzen. Mir ist, als wenn diese Scham, so sehr auch er sie in Alkohol zu ersäufen suchte, noch immer in seinem Herzen gebrannt habe, auch als er sich schon ganz in seiner Lüge verloren hatte, als sei die Furcht, einem Fremden zu begegnen, nichts anderes gewesen als eben diese Scham, die, neben dem unbestimmten Schuldbewußtsein, ihn davor zurückscheuen ließ, wieder vor einem neuen Menschen seine Schande zu enthüllen.

Man wird mich fragen, wieso es kam, daß ich, der ich schon damals so viel von den Verhältnissen, in die mein Vater verstrickt war, durchschaute, nicht hinging und meinen Vater seinem Schicksal entriß. Warum ich den Buckligen, als er sein erlogenes Gespräch mit dem Fremden schilderte, nicht als Lügner entlarvte. Warum ich im Wirtshaus, als ich ihn hilflos in die Enge getrieben, gequält, beschämt und verlacht sah, meinem Vater nicht zu Hilfe gekommen sei und ihn seinem Quäler, dem Buckligen, nicht entrissen habe. Vielleicht wenn ich vor meinem Vater und allen Zeugen, laut und ohne mich dessen zu schämen, die Wahrheit gestanden hätte, daß er kein ruhmbedeckter General sei, sondern ein wegen Unregelmäßigkeiten in den Kassen verabschiedeter Militärarzt, der sich nun zu Spott und Hohn hergebe, hätte ich ihn erinnern, ihn retten können. Ich schwieg. Ich fürchtete mich, zu sprechen. Ich war stumm geworden unter dem Haß, der mich umgab, des Friseurs, Miladas, meines Vaters Haß. Vielleicht auch, o Gott, daß neben der Furcht ein anderes noch mich zum Schweigen zwang. Vielleicht war es mein Los, mein Schicksal, des buckligen Friseurs Genosse zu sein und so das Werkzeug der Vernichtung.

Mein Vater vermied es in der Folge, dem Fremden zu begegnen. Er schlich vormittags so lange um den Friseurladen herum, bis er den Fremden ihn verlassen sah, um ihn ja nicht anzutreffen. Seine Angst, mit dem Unbekannten zusammenzukommen, vergrößerte sich von Tag zu Tag. Der Friseur hatte die Erregung, in der mein Vater sich befand, nicht nur bemerkt, er wußte sie auch zu vergrößern. Gewöhnlich erzählte er meinem Vater, daß der »Offizier« – so nannte der Friseur den Fremden – nach ihm gefragt habe.

»Nach mir gefragt?« Mein Vater schien bestürzt. »Nach mir gefragt? Haschek, was will er denn von mir? So will er etwas von mir, Haschek?«

»Ich weiß nichts«, erwiderte der Friseur, »ich weiß nichts darüber, Herr General. Er fragte nur so etwa: ›Was macht denn der alte General?‹ Aber mehr hat er nicht gesagt.«

»Mehr nicht, lieber Haschek, mehr nicht?«

Einmal empfing Haschek den General freudestrahlend. Nun endlich habe ihn der Offizier seines vollen Vertrauens gewürdigt. Er habe ihm alles erzählt, allerdings ihn durch feierliches Versprechen des Stillschweigens gebunden, das er nicht brechen werde. Nie würde er jemandem davon, was der Offizier über den Zweck seines Aufenthaltes in der Stadt erzählt habe, Mitteilung machen.

»Auch mir nicht, Haschek?« fragte mein Vater.

»Herr General, ich bitte gehorsamst um Entschuldigung. Auch Herrn General nicht. Zumal es ja eine Sache ist, die Herrn General nicht angeht, wenn sie auch interessant ist, sehr interessant.«

»Geht mich nicht an, lieber Haschek? Mich nicht? Na, dann gut, lieber Haschek!« Mein Vater lächelte. Er wollte gewiß nicht weiter forschen. Er war zufrieden. Was ging ihn der Fremde an, wenn er ihn in Ruhe ließ? Nun konnte er wieder aufatmen. Der Bucklige aber schien erwartet zu haben, er werde die Neugierde meines Vaters durch so verschleierte Andeutungen unfehlbarer wecken. Da er sich nun enttäuscht sah, schwieg er eine Weile, um dann von neuem zu beginnen. Er hatte das Kinn meines Vaters eingeseift, als er sich nahe zu seinem Ohr beugte:

»Es handelt sich um einen abgesetzten Offizier oder dergleichen«, sagte er.

Meines Vaters freudiger Gesichtsausdruck verschwand. Er schien vor Schreck wie gelähmt.

»Abgesetzt?«

»Ja, wegen Unregelmäßigkeiten abgesetzt. Er soll sich hier irgendwo aufhalten, Herr General. Aber ich darf nichts sagen, Herr General.«

»Was ist es, Haschek?«

»Ich darf es nicht erzählen, Herr General. Ich habe es ihm in die Hand versprochen, Herr General.«

»Erzählen Sie!«

»Ich melde gehorsamst, Herr General, ich darf nicht erzählen. Nicht einmal, wenn Herr General befehlen würden, ausdrücklich befehlen...«

»Ich befehle, Haschek«, sagte leise mein Vater.

»O Gott, warum habe ich nur davon begonnen!« Der Bucklige machte ein hilfloses Gesicht. »Nun bleibt mir nichts übrig, als... Aber Herr General möchte ich gehorsamst bitten, die Sache für sich zu behalten. Ein Amtsgeheimnis, Herr General. – Also ein abgesetzter Offizier soll da sein, abgesetzt wegen Kassaunregelmäßigkeiten und der fremde Offizier ist gekommen, um ihn hier zu beobachten und Material gegen ihn...«

»Material gegen ihn?«

»Material gegen ihn zu sammeln.«

Mein Vater saß im Rasierstuhl unbeweglich mit herabhängenden Armen. Er sah den Buckligen an mit einem kindlichen, furchtsamen, hilfesuchenden Blick.

»Lieber Haschek«, sagte er leise, »lieber Haschek.«

Nie habe ich mehr Schmerz um meinen Vater und mehr Mitleid mit ihm empfunden, als in diesem Augenblick.

Damals wußte ich noch nicht, weshalb der Fremde sich in unserer Stadt aufhielt, doch ich wußte es wenige Tage darauf, als ein Ereignis mich veranlaßte, hinter dem Fremden her zu sein und ihn zu beobachten. Ich komme damit zu jenem Punkt in meiner Schilderung, wo der Entschluß fortzufahren mir schwer wird. Mir scheint das, was ich nun mitteilen werde, und nicht die Tat, um deretwillen ich verurteilt wurde, das Niedrigste zu enthüllen, das in meiner Seele war. Aber ich kann nicht anders, als ohne ein Wort der Beschönigung die Tatsachen berichten und hinzufügen, wie groß die Scham darüber in meinem Herzen ist.

Seit früher Jugend schon, besonders aber seit ich aus der Kadettenanstalt zurückgekehrt war, empfand ich Lust daran, Tiere zu quälen. Gewöhnlich waren meine Opfer Katzen. Seltener Hunde und da nur ganz junge, noch zahnlose. Bellende Hunde fürchtete ich, sonst waren sie mir gleichgültig. Die kleinen, noch weichen, zahnlosen Hundejungen aber, die rund und dick wie kleine Maulwürfe sind, besonders solange sie noch blind sind, waren mir fast so lieb wie Katzen.

Bei Katzen machte ich keinerlei Unterschiede.

Ich glaube, in diesen Jahren hat es in unserer Stadt wenige Katzen gegeben, die eines natürlichen Todes gestorben sind. Die Mehrzahl gewiß wurde von mir zu Tode gequält. Ich hatte verschiedene Systeme. Am einfachsten war das Ertränken. Dazu hatte ich einen eigenen Platz an einem Tümpel unweit der Stadt. Ich verfuhr hiebei so: Ich zog aus dem Tümpel ein Brett, an das der Leichnam einer von mir schon früher getöteten, verwesten Katze gebunden war, und befestigte über dieser toten Katze meine noch lebende. Dann tauchte ich das Brett ein, und zwar so, daß die Katze mit dem Unterleib zuerst ins Wasser kam. Ganz allmählich – es dauerte oft eine Stunde oder noch länger, bis die Katze ertrunken war – ließ ich sie dann im Wasser versinken. Ein anderes System bestand darin, daß ich die Schwänze zweier lebender Katzen an einem Brett aufeinandernagelte, dieses Brett an einem weit aus einer Mauer hervorstehenden Nagel befestigte und die beiden Katzen dann frei herabhängen ließ. Da sie nichts hatten, an das sie sich hätten klammern können, griffen sie nacheinander, begannen zu schwingen, sich immer fester ineinander zu verkrallen, bis sie sich endlich gegenseitig zerfleischten. Bei einer dritten Methode ging ich so vor, daß ich das Opfer in ein von mir angefertigtes schraubstockartiges Instrument spannte und darin dehnte, bis es seinen Qualen erlag.

Ich könnte seitenlang in solchen Schilderungen fortfahren, doch ich denke, es ist genug. Ich bete, daß man aus diesem erkenne, nicht wie mein Herz voll Grausamkeit war, sondern wie unglücklich ich war und wie einsam. Erst hier, im Kerker, hat mein Herz aus Unglück und Vereinsamtsein den Weg zu Ruhe, Milde und Versöhnung gefunden; doch zu diesem Weg war es schon damals bereit, als es sich unter den Stößen eines harten Erlebens in solche Bitterkeit verirrte.

Dieses mein Verhalten zu Tieren hat den Anlaß zu dem Zusammentreffen mit dem Fremden gegeben, von dem nachher so viel die Rede sein sollte. Das trug sich so zu:

Wenn ich einer Katze nachstellte, pflegte ich sie erst längere Zeit, wie ein Jäger sein Wild, zu beobachten. Um diese Zeit verfolgte ich einen Kater, ein schwarz- und braungeflecktes dickes Tier, dessen Gesichtszüge sich mir wegen des Vorfalles, zu dem er die Veranlassung gab und, weil er mein letztes Opfer gewesen ist, besonders deutlich eingeprägt haben. Auch Katzengesichter gleichen einander nicht, ebensowenig wie die Gesichter der Menschen. Das Gesicht dieses Katers nun machte einen gütigen Eindruck wie manchmal die Gesichter dicker Menschen. Man soll nicht lächeln, wenn ich so von Tieren spreche, als wären sie Menschen. Denn nicht anders wie bei Menschen lassen ihre Gesichter Schmerz, Freude, Zorn und Angst erkennen, nur sind die wenigsten Menschen imstande, in den Gesichtern der Tiere zu lesen. Ich habe Haß gegen mich aus den Zügen meiner Opfer gelesen, Ergebung in das Schicksal, manchmal einen Strahl der Hoffnung in ihren Augen gesehen. Im Gesichte dieses Katers nun war Güte und als er mit verletzten Gliedern vor mir am Boden lag, war nicht Zorn in seinem Antlitz und Haß, sondern wie zu schmerzvollem Weinen war es verzogen.

Ich hatte beobachtet, daß dieser Kater jeden Abend über das Dach des Hauses ging, das an den Gasthof grenzte. Ich wußte genau seinen Weg, der etwa in der Mitte der Dachfläche, einen Meter vielleicht unter den Dachluken, vorbeiführte. Ich schlich mich auf den Boden des Hauses, legte eine Schlinge auf des Katers Weg, befestigte sie dort mit einem Stein und ließ das andere Ende des Seiles auf die Straße fallen. Dann verließ ich den Boden und stellte mich auf der Straße auf die Lauer. Das Ende der Schlinge hielt ich in der Hand. Mehrere Tage wartete ich vergebens. Immer hörte ich im stillen Abend die Schritte des Katers auf dem Dach, allein noch hatte er sich nicht gefangen. Endlich, etwa am vierten Tag, fühlte ich ein leises Zerren am Seil, ich zog an, überwand mit einem Ruck den Widerstand und schon im nächsten Augenblick flog im Bogen eine dunkle Masse vom Dach auf das Steinpflaster des Ringplatzes. Ich trat rasch hinzu. Der Kater winselte leise. Die Schlinge hatte sich um seine Schultern gelegt. Ich betrachtete mein Opfer einen Augenblick, indem ich mich zu ihm hinabbückte. Dann hob ich das Seil, schwang es mit der Last einigemal durch die Luft und ließ es wieder zur Erde fallen. Ich wußte nicht, daß jemand mich beobachte. Als ich gerade mit dem Fuß auf den Schwanz meines Opfers trat und zugleich am Seil zog, die Schlinge möglichst festzuziehen, trat der Fremde auf mich zu.

Der Fremde sah mich einen Augenblick fest an. Vielleicht erwartete er, ich würde, ertappt, sogleich innehalten oder davonlaufen. Ich aber wich seinem Blick nicht aus und unterbrach auch mein Vorhaben keineswegs. Da hob der Fremde die Hand und schlug sie mir zweimal ins Gesicht. Dann wandte er sich, stumm, wie er gekommen war, und ging. Zugleich hörte ich hinter mir lautes Lachen. Ich sah den Buckligen, der wohl gerade ins Wirtshaus ging und so Zeuge dieser Szene geworden war.

Ich wußte nichts anderes zu tun, als dem Kater mit dem Absatz meines Stiefels den Kopf zu zertreten.

Von vornherein empfand ich gegen den Fremden, diesen schlanken, gutgebauten, eleganten und selbstsicheren Menschen, Abneigung. Allein dieser Vorfall, der meine Abneigung vielleicht erhöhte, verwandelte dieses Gefühl doch keineswegs in Zorn, als hielte ich es im Grunde für selbstverständlich, daß es einem solchen Menschen wie dem Fremden zuständе, einen Menschen wie mich zu züchtigen. In den nun folgenden Tagen aber beobachtete ich den Fremden aufmerksam und benützte jede freie Stunde, ihm unauffällig zu folgen. Vielleicht wollte ich bloß etwas Näheres über ihn erfahren, meine Neugierde zu befriedigen, vielleicht hoffte ich, es würde sich so mir eine Waffe gegen ihn bieten, vielleicht aber auch, daß gerade die Lust mich anzog, in der Nähe des Stärkeren zu sein, in Haß und Liebe seinem Schritt zu folgen, der Gefahr, ihm zu begegnen, mich auszusetzen.

Ich fand bald den Grund seines Aufenthaltes in der Stadt. Ich verfolgte ihn auf Spaziergängen in den Wald, bei denen er mit einer Frau, die ich kannte, zusammentraf. Ich beobachtete, daß manchmal abends diese Frau vom Fremden durch den hinteren, in einer unbelebten schmalen Seitengasse gelegenen Eingang in den Gasthof eingelassen wurde. Diese Frau hätte, wenn ich ihren Namen vor Gericht genannt hätte, aussagen müssen, daß ich nicht in der Absicht, einen Mord zu begehen, zu dem Fremden gekommen war an demselben Tage, an dessen weiterem Verlauf der Mord geschah, daß nicht mein Vater mir, wie der Bucklige aussagte, sondern ich meinem Vater nachgeeilt war. Denn diese Frau befand sich bei dem Fremden, als wir, mein Vater und ich, bei ihm waren. Nur ich wußte es. Aber ich nannte ihren Namen nicht.

Ich weiß nicht, ob der Fremde bemerkt hatte, daß ich ihn verfolge, und fürchtete, ich könnte ihn verraten, oder ob wirklich Reue über sein Verhalten gegen mich und Mitleid mit mir ihn bewogen, mir den Brief zu schreiben, der bewirkte, daß ich meine Beobachtungen einstellte und daß meine Abneigung gegen ihn sich in schüchterne Ergebenheit wandelte. Dieser Brief hatte auch zur Folge, daß ich niemals mehr mich an Tieren verging.

Dieser Brief war der einzige, den ich je in meinem Leben empfangen habe. Der Postbote brachte ihn, etwa eine Woche nach meinem Zusammentreffen mit dem Fremden, an einem Morgen, bevor noch der Bucklige den Laden betreten hatte. Als er nachträglich davon erfuhr, wollte er den Brief sehen. Die schwangere Milada und er drangen in mich, ihnen zu sagen, wer mir geschrieben habe und den Brief zu zeigen. Ich aber weigerte mich. Da schlugen sie mich, warfen mich auf die Erde und durchsuchten meine Taschen. Ich aber hatte den Brief in einer Ritze des Fußbodens versteckt.

Der Brief war gerichtet an den kleinen Soldaten im Laden des Friseurs Haschek und lautete:

Lieber kleiner Soldat!

Man scheint Dich unter keinem anderen Namen hier zu kennen. Falls dieser Name Dich sonst kränkt, nimm ihn mir nicht übel, der ich ihn in bester Absicht niederschreibe, da ich Deinen wahren Namen noch nicht erfahren habe und auch nicht weiter nach ihm forschen will.

Wundere Dich nicht, daß ich Dir schreibe. Ich könnte ja auch zu Dir sprechen, da ich Dich doch täglich in dem Laden, in dem Du tätig bist, sehe. Allein, teils fällt es mir leichter, was ich Dir sagen will, zu schreiben, teils möchte ich nicht, daß der Meister, der weder Dich noch mich zu lieben scheint, von dem, was zwischen uns beiden vorgeht, irgend etwas erfährt. Zeige ihm, auch wenn er Dich darum angeht, diesen Brief nicht! Vielleicht denkst Du, kleiner Soldat, ich sei ein glücklicher Mensch, weil ich Dich geschlagen habe. Weil ich so, ohne Dich zu kennen, ohne etwas von Dir zu ahnen, einfach hinging und Dich schlug. So sorglos schlagen, denkst Du, können gewiß nur glückliche Menschen. Aber, kleiner Soldat, auch ich bin kein glücklicher Mensch, sowie gewiß – mir ist, als wisse ich es – auch Du unglücklich bist. Verzeih mir, daß ich Dich schlug, anstatt mit Dir zu sprechen. Ich weiß nicht, welche Trauer, welcher Schmerz, welche Einsamkeit, welche Verlassenheit in Dir ist, daß Du hingehst und unschuldige Tiere zu Tode quälst. Ich habe gestern in meinem Zimmer aus Schmerz und Kummer Bücher und Wäsche zerrissen. Da war mir mit einem Mal, als verstünde ich Dich. Und ich beschloß, Dir zu schreiben, damit Du mir verzeihst.

Mir graute vor Dir, als ich Dich mit der armen Katze sah. Ich will nicht fragen, was weiter aus ihr geworden ist. Aber doch glaube ich nicht, daß Du ein Mörder bist, sondern ein armes unglückliches heimatloses Kind. Vielleicht hast Du nie eine Mutter gehabt. Ich möchte fast zu Gott beten um Dich, daß er Dich lehre, Deinem Unglück und Dir selbst zu verzeihen.

Ich hörte, Du wolltest Soldat werden und habest noch immer den Gedanken daran nicht aufgegeben. Ich hoffe, Deine Wünsche, kleiner Soldat, gehen in Erfüllung. (Hier war etwas gestrichen. Ich konnte es nicht entziffern. Dann ging der Text weiter:) Wo aber es Dir nicht gelingt, lerne verstehen, daß die Zeit der Hoffnung reicher ist, als die Zeit der Erfüllung.

Du wirst nicht begreifen, warum ich Dir schreibe, zumal vielleicht manches von dem, was ich geschrieben habe, unklar und unverständlich ist. Aber auch ich, der ich in meinem Zimmer sitze und an Dich denke, Dich mit mir vergleiche, kann nicht alles begründen, denn auch in mir ist nicht alles so sicher und klar, wie es Dir scheinen mag.

Ich grüße Dich, kleiner Soldat.
Quäle keine Tiere mehr!

Ich zeigte Milada und dem Friseur den Brief nicht. Es stand darin: Zeige ihm, auch wenn er Dich darum angeht, diesen Brief nicht! Und nie, und wenn sie mir mit dem Tod gedroht hätten, hätte ich den Brief gezeigt. Der Fremde wußte nicht, was ich so, lange noch, um ihn litt. Ich aber war froh, um ihn zu leiden.

Ich habe nie ein Wort mit dem Fremden gewechselt, nie auf diesen Brief, weder mündlich noch schriftlich, erwidert. Ich fing eine junge kleine Katze, band ihr eine Masche um den Hals, legte sie in eine Schachtel, bettete sie auf Sägespäne und stellte dazu ein kleines Töpfchen mit Milch. Das alles legte ich dem Fremden vor die Tür.

Unterdessen hatte sich der Zustand meines Vaters wesentlich geändert, was auch äußerlich zu erkennen war. Eine große Unruhe schien sich seiner bemächtigt zu haben, die ihn nicht sitzen und nicht still stehen ließ. Seine Augen, deren Blick sonst fast starr war, blickten unruhig, sein Gang, sonst gemessen und würdig, war hastig, seine Rede unterbrach sich, die Stimme war gedämpft meist bis zum Flüstern, Bart und Anzug waren vernachlässigt. Nahezu den ganzen Tag über hielt sich mein Vater in der Nähe der Rasierstube, um, wenn der Laden leer war, hineinzuschleichen und mit dem Buckligen zu flüstern. Wenn der Fremde morgens den Laden verließ, trat, vorsichtig sich umsehend, mein Vater ein und blickte ängstlich nach dem Friseur. Haschek winkte ihn zu sich in eine Ecke und teilte ihm leise, so daß ich es nicht hören konnte, etwas mit, was allem Anschein nach meinen Vater von neuem mit Angst erfüllte.

Ich glaube, der Bucklige flüsterte meinem Vater nicht bloß deshalb das, was er ihm sagen wollte, so leise ins Ohr, um den Eindruck des Geheimnisvollen zu erhöhen, sondern auch, weil er nun, wo er den kaum erwarteten Erfolg bei meinem Vater sah, fürchten mochte, ich würde seine Pläne durchkreuzen. Ich will zugeben, daß der Bucklige wohl kaum alles, wie es kam, voraussah. Sein Plan war, meinen Vater durch Angst und Schreck vor Enthüllungen immer tiefer zu erniedrigen, werde daraus, was daraus werden wolle.

Wie groß die Erregung war, die sich in dieser Zeit meines Vaters bemächtigt hatte, bemerkte ich eines Abends im Gasthaus. Wieder saß ich bei dem Tisch bei der Tür, mein Vater war damals an dem Tisch mir quergegenüber. Der Friseur saß einige Stühle weit von ihm an demselben Tisch, mit dem Rücken gegen das Fenster. An der Unterhaltung beteiligte sich anfangs mein Vater nicht. Er saß da und lächelte nach allen Seiten wie entschuldigend. Dieses Lächeln ließ sein Gesicht hilflos erscheinen und dümmer als sonst.

Die Herren an meines Vaters Tisch tuschelten untereinander und kicherten. Der Friseur hatte sie wahrscheinlich auf das, was mit meinem Vater vorging, aufmerksam gemacht. Einer sagte:

»Sie sind so still, Herr General!«

Mein Vater antwortete nicht, sondern lächelte unverändert weiter.

»Wir wollen doch zusammen eins trinken, meine Herren«, sagte wieder der Herr. »Der Herr General scheint mir nicht in Stimmung zu sein. Nicht in rechter Stimmung!«

Sie ließen einige Flaschen Wein kommen und schenkten meinem Vater ein, der rasch und gierig trank. Alle tranken ihm zu. Nach einer Weile erhob sich der Friseur und verließ das Zimmer. Nach etwa einer Viertelstunde kehrte er zurück. Sein Gesicht war ernst und er blickte meinen Vater an, aus dessen Antlitz nun das starre Lächeln gewichen war. Der hatte schon viel getrunken und seine Hände zitterten, wenn er das Glas an den Mund führte. Er hatte die Füße von sich gestreckt, und hielt die Hände, wenn er nicht trank, in den Hosentaschen. Der Weingenuß hatte ihn wieder selbstsicherer gemacht. Nun er den Friseur sah, der mit so ernster Miene eintrat, ward der Blick, der frei in die Runde gesehen hatte, von neuem ängstlich.

»Was gibt's, Haschek?« fragte mein Vater.

»Ach, der Fremde...« sagte wegwerfend und ärgerlich der Bucklige.

»Was gibt's?«

»Sprechen wir nicht davon! Trinken wir! Herr General, ich erlaube mir ganz gehorsamst!«

Mein Vater führte wie mechanisch das Glas an den Mund. Doch seine Hände zitterten so, daß er den ganzen Wein auf seine Weste vergoß. Er fuhr zusammen, machte eine ungeschickte Bewegung, als wollte er die Flüssigkeit, die schon über die Kleider rann, noch zurückhalten und ließ dabei das Glas fallen, das klirrend zerbrach. Die Herren lachten.

»Herr General!«

Mein Vater war aufgestanden und sah den Buckligen an, indes einer von der Tischgesellschaft meines Vaters Kleider mit einem Tuch reinigte.

»Was gibt's?« fragte mein Vater wieder. »Lieber Haschek, was gibt's?«

Jemand drückte meinen Vater zurück auf seinen Platz.

»Meine Herren«, sagte der Friseur, »ein alter, verdienstvoller Offizier weilt in unserer Mitte, ein Mann, der nun unter uns der verdienten Ruhe lebt. Aber sein Herz scheint heute von Kümmernissen bedrückt. Meine Herren, geben wir uns Mühe, die Mienen des verdienten Herrn General zu erheitern. Stoßen wir an mit ihm auf sein Wohl.«

»Was gibt's, lieber Haschek?«

Die Herren stießen mit meinem Vater an, der hastig einige Gläser leerte. Es waren Beamte von den Ämtern des Bezirkes, vom Gericht, der Notar unseres Ortes und zwei größere Kaufleute. Ich glaube, diese Herren hätten sich sonst nicht mit dem Buckligen an einen

Tisch gesetzt, keinesfalls aber gestattet, daß er in ihrer Gesellschaft das große Wort führe. Da aber er meinen Vater am besten zu behandeln, ihn am besten in seiner Lächerlichkeit zu demonstrieren verstand, ließen sie es wohl zu und fügten sich sogar seinen Anleitungen, so etwa wie man sich den Anordnungen eines Dompteurs fügt, der ein gezähmtes Tier vorführt, weil man so am sichersten das erhoffte Vergnügen zu finden glaubt.

»Meine Herren«, fuhr der Bucklige fort, »glauben Sie mir, daß sich mein Herz zusammenkrampft, wenn ich daran denke, womit Tapferkeit, Verdienst, Aufopferung und Treue belohnt werden! Ich habe Gelegenheit gehabt, einen Fall kennenzulernen, allerdings ohne die Namen der Beteiligten zu wissen. Einem bejahrten Offizier wird nachgestellt, Untersuchungen werden ihm an den Hals gehetzt. Warum, frage ich Sie, warum? Weil die, die dem alten Herren während seines Dienstes nachgestellt haben, in ihren Verfolgungen kein Halt machen vor dem bescheidenen anspruchslosen Glück seiner zurückgezogenen Ruhe. Warum? Weil sie den Aufrechten hassen, der lieber den in Ehren getragenen Rock auszog, als sich zu beugen! Herr General, ich bitte gehorsamst um Entschuldigung, wenn ich ohne Erlaubnis so viel spreche. Ich bin gleich am Ende. Es drängt mich, zu sagen, was ich glaube. Meine Herren! Ich glaube, daß auch der Herr General die Angelegenheit kennt, die ich angedeutet habe und daß sein edles Herz Mitleid empfindet mit dem unschuldigen Opfer ehrgeiziger Intrigen. Darum ist der Herr General still. Vielleicht, meine Herren, denkt er auch: was heute dir geschieht, Kamerad – wie leicht ist es möglich, daß das Opfer der Genosse seiner Tapferkeiten gewesen ist, neben ihm stand in den Stunden des Todes auf den Schlachtfeldern Europas! –, was heute dir geschieht, Kamerad, kann morgen mir geschehen! Und wer wird neben mir stehen, wenn man mich anfällt? Meine Herren, versichern Sie den Herrn General Ihrer Treue! Meiner Ergebenheit kann er gewiß sein. Aber was kann ich, ein Bartscherer, ihm nützen? Sie stehen in angesehenen Stellungen. Erheben Sie sich, treten Sie auf diesen verdienstvollen Mann zu, geloben Sie ihm in die Hand, daß Sie an ihn glauben und ihm zur Seite stehen wollen. Er hat es um uns alle verdient. Ohne ihn vielleicht hätte der Feind unsere Heimat verwüstet und uns als Jünglinge und Knaben gemordet.«

Der Bucklige hielt inne. Und die Herren standen auf und traten mit gravitätischem Schritt und ernsten Mienen, einer um den anderen, auf meinen Vater zu und drückten ihm die Hand. Mein Vater schien zuerst nicht zu wissen, was da geschehe, und erhob sich in großer Verlegenheit von seinem Platz. Mit einem Male begann er zu weinen.

Als alle ihm die Hand geschüttelt hatten, begann wieder der Bucklige:

»Und auch ich, Herr General, wenn auch ich eben nur ein Friseur bin und niemals, wegen der Gebrechen meines Körpers, würdig befunden wurde, auch nur als gemeiner Mann den Rock zu tragen, den durch Jahrzehnte Herr General getragen haben, bitte gehorsamst um die Erlaubnis, als letzter des Herrn General Hand ergreifen und schütteln zu dürfen.«

Er trat auf meinen Vater zu, sah ihn fest und ernst an und schüttelte meines Vaters Hand:

»Die Hand eines verdienstvollen Mannes!«

Mein Vater wischte sich die Tränen von den Wangen.

»Ja, ja«, sagte er. »Immerhin.«

Man setzte sich wieder und begann zu trinken. Meines Vaters Stimmung hatte sich, vielleicht durch die Vertrauenskundgebung der Anwesenden, vielleicht durch den Genuß des Weines, gehoben. Die anderen, durch die Aussicht auf Unterhaltung, die dieser Abend, der so vielversprechend begonnen hatte, noch bringen konnte, waren in bester Laune. Der Friseur, der den Undank der Welt an einem berühmten Beispiel illustrieren wollte, sprach von Benedek.

»Wir alle haben von ihm gehört!« sagte er.

»Wir haben von ihm gehört«, sagte mein Vater.

»Von Benedek?« fragte der Bucklige. »Herr General haben von Benedek...? Benedek hat Herrn General geschrieben?«

»Hat geschrieben, lieber Haschek.«

»Ich bitte gehorsamst, einen Brief?«

»Einen Brief geschrieben! Vor acht Tagen einen Brief.«

»Meine Herren, haben Sie gehört: Benedek hat – vor acht Tagen – an den Herrn General einen Brief geschrieben. Wird wohl gewiß ein alter Kriegskamerad sein, der sich Trost holen wollte, ein Freund vielleicht...«

»Vielleicht, ja, ja.«

»Herr General, ich melde gehorsamst, Herr General haben uns nichts davon erzählt.«

»Nichts erzählt, mein lieber Haschek. Aber immerhin. Alter Kamerad! Manche Nacht, lieber Haschek, in einem Bett geschlafen, aus einer Flasche getrunken, meine Herren, den letzten Schluck geteilt.«

»Und nun, zwei solche Männer«, rief der Bucklige und rang die Hände, »statt daß man ihre Dienste für uns alle weiter nützt, schickt man sie nach Hause, ja, man stellt ihnen noch nach!«

»Ja, meine Herren, verdiente Männer und man stellt ihnen nach!« sagte mein Vater mit schon schwerer Zunge. »Verdiente Männer! Schlachten, meine Herren, Gefechte, Tod ins Auge gesehen! Man macht nicht Halt davor! Wie hat Benedek geweint, als er mir von der Untersuchung erzählte wegen der Gelder. Dreihundert Gulden, meine Herren. Alles bezahlt, aber sie machen nicht Halt, möchten ihm noch im Grabe den Säbel zerbrechen.«

»Untersuchung? Gegen Benedek?« fragte der Bucklige. »Ich bitte gehorsamst, Herr General, also wann hat er das erzählt?«

»Vor acht Tagen, meine Herren! Vor acht Tagen. Ich traue meinen Ohren nicht! Was wollt ihr? Was wollt ihr von einem verdienten Mann, der nicht gewöhnt war, Kassenbücher zu führen, dessen Brust von oben bis unten mit Orden bedeckt sein sollte«, mein Vater hatte sich erhoben, »jawohl, von oben bis unten bedeckt mit dem höchsten Orden sollte sie sein, diese Brust!«

In diesem Augenblick trat der Fremde ein und ging geradewegs auf den Tisch zu, an dem er täglich sein Abendessen aß. Mein Vater aber wandte sich zu ihm und schritt ihm nach. Die Füße hoben sich schwer vom Boden und er schwankte. Doch er hielt sich hochaufgerichtet.

»Jawohl«, rief er und sah den Fremden an, »was wollen Sie! Diese Brust sollte mit Orden geschmückt sein, mein Herr, jawohl, die Brust eines alten Offiziers, jawohl, immerhin... die Brust eines verdienten Offiziers. Was verfolgen Sie ihn, Herr, was verfolgen Sie ihn! Wie viele Kriegszüge, bevor Sie noch auf der Welt waren... ja, und Sie, was schleichen Sie hinter ihm? Glauben Sie ihm, daß er unschuldig ist und nichts will, nichts, nur Ruhe, Herr, Ruhe, geben Sie ihm Ruhe, lassen Sie ihn, ich beschwöre Sie, lassen Sie ihn!«

Mein Vater stand dicht vor dem Tisch des Fremden. Seine Stimme schien nun von Tränen erstickt.

»Immerhin, doch ein verdienter Offizier!... Zeugen? Hier sitzen sie! Sie werden mich beschützen. Kommt, meine Freunde, nun ist es Zeit, tretet näher, beschützt ihn nun, euren Freund! Denn das ist er, euer Freund und ein verdienter Offizier, immerhin.«

Der Fremde sah meinen Vater, den er für verrückt halten mochte, erstaunt an. Da mein Vater sich immer näher zu ihm beugte und nicht innehielt, erhob er sich, wohl um die peinliche Szene zu beenden, und ging, an meinem Tisch vorbei, rasch in die Küche. Mein Vater, der die Arme ausgestreckt hatte, als wollte er den Fremden umarmen, blieb unbeweglich stehen und sah ihm erschrocken und erstaunt nach. Für einen Augenblick verzog sich sein Gesicht wieder zu jenem hilflosen und um Verzeihung bittenden Lächeln, dann aber brach mein Vater auf dem Stuhl, auf dem eben noch der Fremde gesessen hatte, schluchzend zusammen.

Jetzt erhob sich der Bucklige und ging auf meinen Vater zu. –

Ich komme nun dazu, die Tat und die ihr unmittelbar vorhergehenden Ereignisse zu schildern. Alles vollzog sich schnell, in wenigen Stunden. Ich kann nicht mehr, als das Tatsächliche, wie es geschah, beschreiben. Denn alles geschah so schnell. Freude, Schmerz, Leidenschaft, Ekel, Ruhe und Haß wechselten in diesen Stunden so in meinem Herzen, daß es mir nicht möglich ist, ihre Folgen zu entdecken und verständlich zu machen. Mir ist, als seien in dieser kleinen Spanne Zeit alle Kräfte meines Lebens, die guten wie die bösen, lebendig gewesen. Und ich hoffe, wer aus diesen Aufzeichnungen mich versteht, wird alles erkennen, das, was ich sage, wie das, was ich, weil es mir selbst wie von Dämmerung verhüllt ist, nicht zu sagen vermag. Und begreifen, warum ich mich bemühen will, so kühl wie möglich den Hergang zu erzählen.

Es war wenige Tage nach der zuletzt beschriebenen Szene im Wirtshaus, als ich abends die Rolläden unseres Ladens schloß, um nach Hause zu gehen. Milada und der Friseur hatten das Haus schon vor einigen Stunden verlassen.

Unser Laden lag am oberen Ende des Marktplatzes. Langsam ging ich den leicht abfallenden Platz hinunter. Es war zum letzten Male. Wenige Stunden darauf war ich verhaftet.

Als ich etwa in der Mitte des Weges angelangt war, erblickte ich meinen Vater, der eilends den Platz überquerte. Ich zweifelte nicht daran, daß er ins Gasthaus gehe. Trotzdem blieb ich stehen und sah ihm nach. Wirklich schritt er rasch auf den Gasthof zu. Vor der Tür blieb er stehen und sah sich nach allen Seiten um. Er schien zu zaudern, ehe er wie in plötzlichem Entschluß in das Haus hineinlief.

Ich hatte schon den Weg fortgesetzt, als ich erschrocken stehen blieb. Plötzlich, vielleicht weil mir das merkwürdige Benehmen meines Vaters aufgefallen war, kam mir ein Gedanke, der sich sogleich in mir festsetzte und mich nicht mehr losließ. Am Ende, dachte ich, ist er gar nicht in die Wirtsstube gegangen, sondern hinauf! Und schon wandte ich mich und lief auf das Haus zu, in dem mein Vater verschwunden war. Ich wollte verhindern, daß mein Vater wieder sich vor dem Fremden erniedrige. Ich wollte nicht, daß der Fremde, dem ich mich damals restlos ergeben fühlte, nachdem er mich als grausamen Katzenmörder kennengelernt hatte, nun meinen Vater in seiner tiefen Gesunkenheit erkenne. Ich wollte nicht neuerlich beschämt sein vor dem Fremden durch meinen Vater.

Meine Ahnung hatte mich nicht betrogen. Schon als ich in die weite Einfahrt des Gasthauses trat, hörte ich von oben die laute Stimme meines Vaters. Ich lief die Treppe hinauf und, ohne zu klopfen, trat ich durch die Tür.

Der Fremde, mit einem vornehmen Schlafanzug bekleidet, stand scheinbar ratlos meinem Vater gegenüber. Ich sah sofort, daß mein Vater getrunken hatte. Mein Blick fiel auf ein kleines Kätzchen, das in einer Ecke spielte, und ich freute mich. Doch schon sah ich auf einem Sessel Kleidungsstücke, die einer Frau gehören mußten, und erkannte, daß sich im Bette jemand verberge. Ich wußte, wer es war.

Der Fremde sah mich, als käme ich, ihm Rettung zu bringen, freudig an. Ich wich seinem Blick unwillig aus. Ich wußte, was ihn ängstigte: daß man die Frau in seinem Bett entdecken könne. In diesem Augenblick fühlte ich Widerwillen gegen ihn, der eben von dieser Frau aufgestanden war.

Auch mein Vater schien sich zu freuen, als ich eintrat.

»Sehen Sie!« rief er unter Tränen. »Mein Sohn, mein armes Kind! Wenn Sie nicht Mitleid mit dem Vater haben, schonen Sie seinen unglücklichen, armen, unschuldigen Sohn!«

Ich trat auf meinen Vater zu.

»Schweigen Sie!« sagte ich zornig.

»Aber was wollen Sie?« fragte der Fremde. »Was wollen Sie von mir!«

»Nichts als Mitleid, Gnade! Halten Sie ein, ich beschwöre Sie, und schonen Sie mich! Ja, ich bin ja schuldig! Aber Sie, Sie sind jung... Sie wissen es nicht! Wollen Sie nicht Richter sein! Über einen verdienten, in Schlachten erprobten... Glauben Sie einem in Schlachten erprobten Offizier! Ein graues Haupt, ein armes Kind, Herr, haben Sie Gnade, versprechen Sie mir...!«

» Aber, lieber Herr, ich habe nicht zu begnadigen...!«

Da warf sich mein Vater vor dem Fremden auf die Knie. Er streckte die Hände nach ihm. Der Fremde wich einen Schritt zurück.

»Gnade, verschonen Sie mich, ein graues Haupt, Herr, ein graues Haupt. Haben Sie Mitleid, Herr, mit dem Kind, Herr, mit dem Kind!«

Er rutschte schluchzend auf den Knien auf den Fremden zu und streckte seine Hand nach der Hand des Fremden. Der Fremde aber zog sie zurück. Da beugte mein Vater sein Haupt, so als wollte er die Schuhe des Fremden küssen.

Ich ergriff bebend meinen Vater am Arm.

»Stehen Sie auf und kommen Sie!« sagte ich.

Mein Vater sah mich unwillig an und versuchte, sich von meiner Hand zu befreien. Ich schüttelte ihn so, als wollte ich ihn wecken.

»Stehen Sie auf, Vater!« Ich war zornig und ich schämte mich.

»Nein, nein«, rief mein Vater, »erst begnadigen Sie mich. Ich bin schuldig, aber begnadigen Sie mich! Ich stehe nicht früher auf. Gnade... mein graues Haar!«

Wieder beugte sich mein Vater schluchzend zu den Füßen des Fremden, die in roten Pantoffeln steckten.

Ich riß meines Vaters Oberkörper hoch und sah in sein Gesicht. Ich sah Tränen aus den Augen in den Bart rinnen.

»Kommen Sie!« schrie ich und da er weiter schluchzte, schlug ich meinen Vater ins Gesicht.

Da stand mein Vater auf. Sein Gesicht war plötzlich ernst. Er faßte mich an.

» Komm!« sagte er, und wir gingen.

Als wir vor das Haus traten, blieb mein Vater, der mich noch immer hielt, stehen. »Du hast deinen Vater geschlagen«, sagte er. »Du bist des Todes. Komm!«

Wir gingen über den Platz auf unser Haus zu, und ich fürchtete mich nicht. Ich zweifelte nicht, daß mein Vater mich nun töten würde und doch fürchtete ich mich nicht. In mir war Freude. Ich dachte, daß nun mein Vater seine alte Dienstpistole, die ich so oft geputzt hatte, aus dem Schrank nehmen, sie laden und dann gegen mich richten würde. Ich freute mich, und ich dachte an römische Feldherren, die ihre Söhne getötet hatten.

Meine Stimmung änderte sich, als ich, noch immer von meinem Vater am Rockärmel geführt, die dunkle Treppe zu unserer Wohnung hinaufstieg. Ich hörte Stimmen, und ich erkannte Milada und den Friseur. Sie saßen in unserem Wohnzimmer. Auf dem Tische standen Flaschen und Gläser. Milada schien nicht mehr nüchtern zu sein. Wahrscheinlich hatte mein Vater, bevor er zum Fremden ging, mit ihnen getrunken.

Gleich als wir eintraten, sagte mein Vater:

»Er hat seinen Vater geschlagen. Er muß sterben!«

»Den Vater geschlagen? Du!« Der Bucklige stieß mich gegen die Brust. »Hast du gehört, du wirst sterben!«

Ich glaube nicht, daß der Friseur es hätte dazu kommen lassen.

Die betrunkene Milada drängte sich an mich. Ich stieß sie fort. Sie war schwanger und das erhöhte meinen Ekel vor ihr.

Mein Vater hatte seine Pistole aus dem Schrank genommen. Seine Hände zitterten so, daß er sie nicht laden konnte. Der Bucklige war in den Hintergrund des Zimmers getreten. Er hatte Angst vor Schußwaffen. So lud ich die Pistole und legte sie auf den Tisch. Jetzt kam Haschek aus seinem Winkel wieder hervor.

»Trinken wir!« sagte er.

»Und er?« Mein Vater wies auf mich.

»Er soll sterben. Aber zuerst trinken wir!«

»Er soll uns zusehen«, rief Milada, »wie wir trinken. Binden wir ihn an die Tür! Binden wir ihn!«

Sie drängte mich gegen die offene Tür der Schlafkammer. Der Bucklige fand einen Strick. Man legte mir den Strick um die Füße, zog ihn fest und band ihn um die Türangel. Erst schwankte ich und konnte so nicht stehen. Aber dann gewöhnte ich mich daran, wie auch die Füße mich schmerzten, und hielt mich aufrecht.

Sie schrien und tranken. Mein Vater war still geworden, allein auch er trank viel. Er saß auf dem alten Sofa, bis er umsank. Milada beschimpfte mich fortwährend. Einmal stand sie auf und spuckte mir ins Gesicht. Als ich ihren Speichel abwischen wollte, warf sie ein Weinglas nach mir, daß ich aus der Stirn blutete. Ich verhüllte mein Gesicht mit den Händen. Da schrie sie, ich dürfe mein Gesicht nicht verhüllen und suchte meine Hände von meinem Gesicht zu entfernen. Dabei berührte sie mit ihrem trächtigen Leib meinen Körper, daß mir graute. Sie rief den Buckligen, daß er ihr helfe. Dem Buckligen leistete ich keinen Widerstand. Doch sie stieß ich von mir.

Da schrie sie auf, befahl dem Friseur, mich zu halten und riß mir Rock und Hemd vom Körper. Sie stieß mir die Faust gegen die nackte Brust, daß mir der Atem verging. Dann öffnete sie meine

Hosen, daß ich nackt war. Ich wand mich unter den Händen des Friseurs, die mich hielten. Milada betastete mich.

»Ein Mann«, rief sie, »seht mal, schon ein Mann!«

Sie lachte.

»Er ist aufgeregt! Man muß ihn abkühlen.«

Sie goß mir Wein über das Glied und lachte.

Sie lachte immer stärker, krampfartig und unheimlich. Der Bucklige ließ mich los. Ich zog meine Hosen hoch.

Milada aber begann sich zu drehen und zu schreien. Dann riß sie die Röcke von ihrem Leib und stürzte mit einem Aufschrei zu Boden.

Es geschah, daß sie in die Geburtswehen kam.

Der Bucklige durchschnitt rasch meine Fußfesseln.

»Gib acht!« sagte er. »Ich laufe um einen Arzt.«

Ich konnte erst nicht gehen, sondern fiel zu Boden. Dann erhob ich mich. Milada lag, sich windend, mit gespreizten Beinen am Boden. Das Hemd hatte sie gehoben und hielt den unteren Rand in den Zähnen, daß ihr aufgetriebener Leib sichtbar war. Ich sah Blut zwischen ihren Füßen. Sie warf sich in großen Schmerzen.

Ich nahm die Pistole vom Tisch. Mein Blick fiel auf meinen Vater.

Mein Vater lag mit geschlossenen Augen auf dem schwarzen Sofa. Sein Kopf hing zur Seite hinab. Ein schmaler grüner Streifen von Schleim und Speichel rann aus seinem offenen Mund. Mir war einen Augenblick lang, als müßte ich sogleich meinen Vater töten. Ich hätte das Leben dieses armen Mannes nur um drei Tage gekürzt.

Milada, deren Füße ich den Boden schlagen hörte, schrie auf. Dann war es still. Ich trat auf Milada zu.

Ein schmutziger blutiger Klumpen lag zwischen ihren Füßen in einer Lache von Blut und schlechtriechender Flüssigkeit. Ich sah das Kind an. Es winselte ganz dünn, daß man es kaum hören konnte. Ich mußte an ganz junge Katzen denken. Noch immer hielt ich die Pistole in der Hand.

Ich hörte Schritte auf der Treppe und dachte, der Bucklige komme zurück. Es wurde geklopft. Ich antwortete nicht.

Da wurde die Tür geöffnet, und der Fremde trat ein.

Ich erschrak und sah ihn an. Er trug Lackschuhe, gebügelte Hosen, einen enganliegenden Winterrock und einen grünen Filzhut. Ich stand da zwischen einem sinnlos betrunkenen Vater und einem neugeborenen Kind, das zwischen den gespreizten Beinen der bewußtlosen Mutter in Blut und Dreck lag und noch von ihr nicht gelöst war. Mein Oberkörper war blutig geschlagen und nackt. Der Fremde konnte meine flache Brust sehen und meinen schiefen Rücken. Ich dachte an seine roten Pantoffel. Ich hob die Pistole und schoß.

Der Fremde brach ohne Schrei zusammen. Ich nahm Watte, von der mein Vater täglich ein Stück in seine Ohren steckte, tauchte sie in Wasser und wusch damit vorsichtig Miladas Kind.

Der Bucklige trat mit dem Arzt ein. Sie stießen gleich auf den Fremden.

»Wer hat das getan?« fragte der Arzt.

»Dort.« Der Bucklige wies auf mich und lächelte.

»Holen Sie die Polizei!«

»Fürchten Sie sich nicht!«

Sie beugten sich über Milada.

»Man muß sie ins Bett legen«, sagte der Arzt. »Ich hole meine Sachen und verständige sogleich die Polizei.« Sein Blick fiel auf meinen Vater. »Was ist denn das?«

»Stinkbesoffen«, sagte der Friseur.

»Ja und da... die Pistole?«

»Können Sie liegen lassen. Es geschieht nichts. Ich bleibe da.«

Als der Arzt gegangen war, zog der Bucklige einen Geldschein aus der Tasche. »Lauf fort«, sagte er.

Ich aber lief nicht fort. Ich setzte mich an das Fenster und wartete.

Über tredition

Eigenes Buch veröffentlichen

tredition wurde 2006 in Hamburg gegründet und hat seither mehrere tausend Buchtitel veröffentlicht. Autoren veröffentlichen in wenigen leichten Schritten gedruckte Bücher, e-Books und audio-Books. tredition hat das Ziel, die beste und fairste Veröffentlichungsmöglichkeit für Autoren zu bieten.

tredition wurde mit der Erkenntnis gegründet, dass nur etwa jedes 200. bei Verlagen eingereichte Manuskript veröffentlicht wird. Dabei hat jedes Buch seinen Markt, also seine Leser. tredition sorgt dafür, dass für jedes Buch die Leserschaft auch erreicht wird.

Im einzigartigen Literatur-Netzwerk von tredition bieten zahlreiche Literatur-Partner (das sind Lektoren, Übersetzer, Hörbuchsprecher und Illustratoren) ihre Dienstleistung an, um Manuskripte zu verbessern oder die Vielfalt zu erhöhen. Autoren vereinbaren direkt mit den Literatur-Partnern die Konditionen ihrer Zusammenarbeit und partizipieren gemeinsam am Erfolg des Buches.

Das gesamte Verlagsprogramm von tredition ist bei allen stationären Buchhandlungen und Online-Buchhändlern wie z. B. Amazon erhältlich. e-Books stehen bei den führenden Online-Portalen (z. B. iBookstore von Apple oder Kindle von Amazon) zum Verkauf.

Einfach leicht ein Buch veröffentlichen: **www.tredition.de**

Eigene Buchreihe oder eigenen Verlag gründen

Seit 2009 bietet tredition sein Verlagskonzept auch als sogenanntes "White-Label" an. Das bedeutet, dass andere Unternehmen, Institutionen und Personen risikofrei und unkompliziert selbst zum Herausgeber von Büchern und Buchreihen unter eigener Marke werden können. tredition übernimmt dabei das komplette Herstellungs- und Distributionsrisiko.

Zahlreiche Zeitschriften-, Zeitungs- und Buchverlage, Universitäten, Forschungseinrichtungen u.v.m. nutzen diese Dienstleistung von tredition, um unter eigener Marke ohne Risiko Bücher zu verlegen.

Alle Informationen im Internet: **www.tredition.de/fuer-verlage**

tredition wurde mit mehreren Innovationspreisen ausgezeichnet, u. a. mit dem Webfuture Award und dem Innovationspreis der Buch Digitale.

tredition ist Mitglied im Börsenverein des Deutschen Buchhandels.

Dieses Werk elektronisch lesen

Dieses Werk ist Teil der Gutenberg-DE Edition DVD. Diese enthält das komplette Archiv des Projekt Gutenberg-DE. Die DVD ist im Internet erhältlich auf **http://gutenbergshop.abc.de**

Zeitfracht Medien GmbH
Ferdinand-Jühlke-Straße 7
99095 Erfurt, Deutschland
produktsicherheit@kolibri360.de